32-412-3

# 夜の讃歌・サイスの弟子たち

他 一 篇

ノヴァーリス作
今 泉 文 子 訳

岩 波 書 店

Novalis

# HYMNEN AN DIE NACHT
1800

# DIE LEHRLINGE ZU SAÏS
1802

# BLÜTHENSTAUB
1798

# 目次

Friedrich von Hardenberg.

# 夜の讃歌

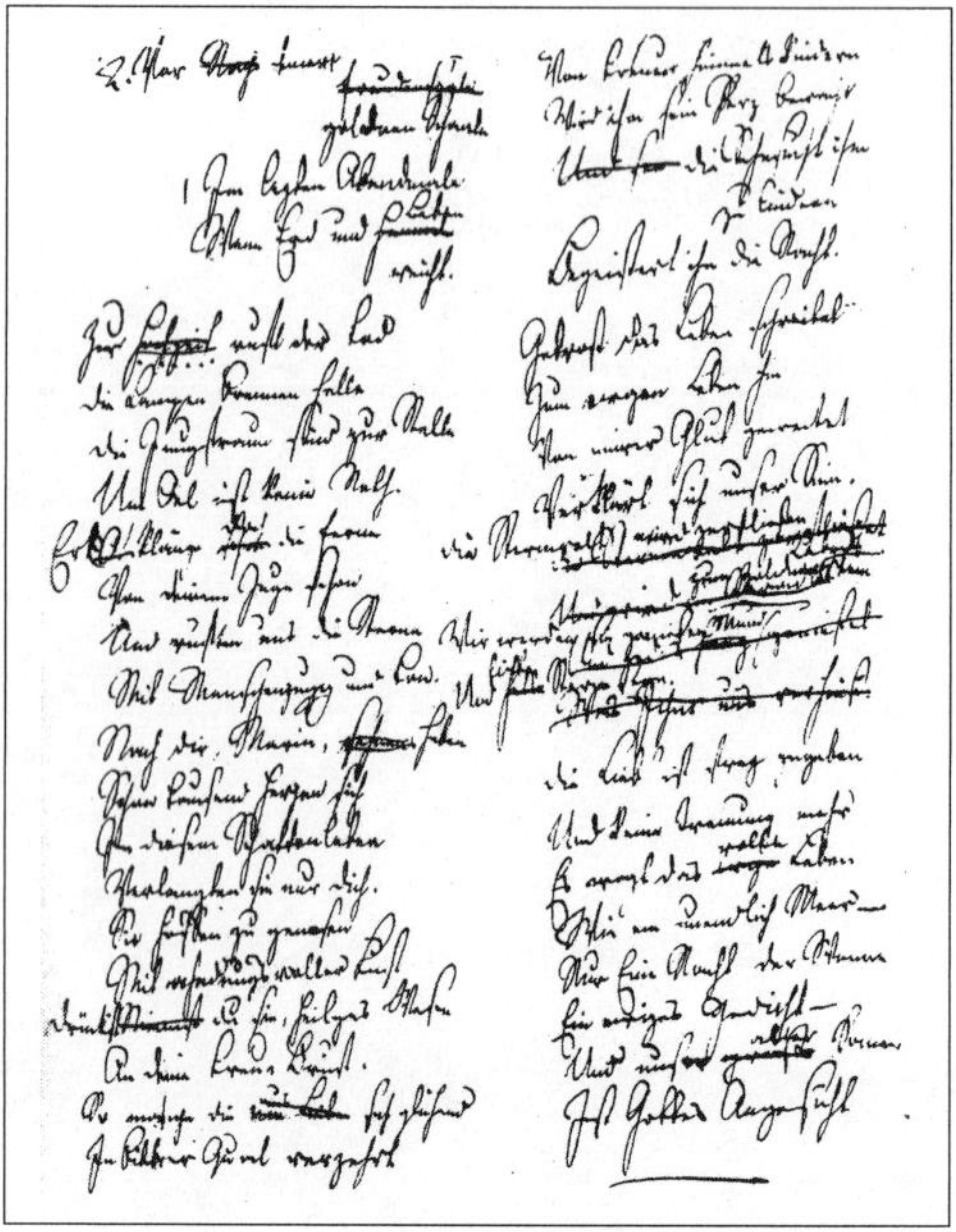

『夜の讃歌』の手稿

# 一

生命《いのち》あるもの、感覚《こころ》あるものにして、身のまわりに広がる空間のありとあらゆる不思議な現象にもまして、こよなく喜ばしい光を愛さぬものがあるだろうか――その彩りを、その閃きと波打つさまを。目覚めをうながす白日の、そのやさしい遍照を。生命の内奥にひそむ魂さながらに、休みなき星辰の巨大な世界は光を呼吸し、光の青い潮にひたって舞い游ぐ――きらめきつつ永遠に閑《しず》まる岩石も、液汁を吸う感覚《こころ》ある草木も、さまざまな姿をした猛く激しい禽獣も、この光を呼吸する――わけても、思慮深い眼差しをして飄々と歩み、あえかに閉じられた唇に歌を湛えたあの輝かしい異郷の者(1)は光を呼吸する。地上の自然を統べる王者のごとく、光はいかな力も呼び出して、

(1)　ノヴァーリスの中心的な歴史的・詩的メタファーのひとつで、過去の黄金時代の想起と、その再来への憧憬を胸に、現在という移行期を歩む詩人を表わす。ノヴァーリスやロマン派によく読まれた英国の詩人ヤングの詩『夜想』(一七四二―四五)や、シラーの『素朴文学と情感文学について』(一七九五―九六)にすでにこの概念は出ている。

無数の変容をうながし、かぎりない同盟をあるいは結び、あるいは解いて、その天上的な姿を、地上のありとある存在のまわりにかけめぐらす。——ひとり光が在ってこそ、この世の国土[2]のこよない壮麗さも明かされるのだ。

　わたしは眼を転じ、言いがたく、神秘に満ちた、聖なる夜を見下ろす。現世は、はるか彼方にあって——深い墓穴に沈み——その場所は、荒涼として寂しい。深い憂愁が、胸内の弦を震わせる。わたしは露の滴となって沈みゆき、わが身を灰に混ぜこもう。——追憶の遠い日々、青春の願いの数々、幼い日の夢、長い生涯の束の間の喜びやむなしい希望、それらが、さながら日没後の夕もやのごとく、薄墨色の衣をまとってやってくる。別なる場所では、光は楽しい天幕を張りめぐらしたのに。無辜《むこ》の信心を胸に待ちわびる光の子らのもとに、光はもはや還り来ないのか。

　突如、いとも予感に満ちて心の底に湧きあがり、憂愁のかよわい吐息を呑み込んでしまうものはなに？　暗い夜よ、おまえもまた、われらに好意を寄せるというのか。目に見えず、力強い足取りでわが魂に迫り来るものよ、なにをおまえはそのマントの下に隠しているのか。おまえの手にある罌粟《けし》の束[3]から、貴い香油《バルサム》が滴りおちる。心情の重い翼を、おまえは引きあげる。漠として言いがたく、われらは心が震えるのを感じる——驚喜してわたしは、厳かな顔を見る。その顔は、やさしくつつましやかにわが身の方に傾けられ、幾重にももつれる巻き毛の下に御母の愛らしい若さをのぞかせる。いまや、光のなんと貧しく、稚びて見えることか――白日との別れのなんと喜ばしくめでたいことか――かくては光よ、夜がおまえから従者たちを離反させるという、ただそれだけのために、おまえは広大な空間に光輝く球体をちりばめて、おまえが遠ざかっているあいだにも、おまえの全能を――おまえの再臨を――知らしめたのか。夜がわれらの内に開いた無限の眼は、あのきらめく星々よりも神々しく思われる。その眼は、数知れぬ星の群れの、最も淡い星影よりもさらに向こうをのぞみ見、愛する心情の深みを――より高い空間を言い知れぬ喜悦で満たすものを――光を要せずして見通す。世界の女王、諸々の聖なる世界の高貴なる告知者、浄福の愛の保護者こそ、讃えられよ――彼女こそ、わたしにきみを――やさしい恋人を――愛しい夜の太陽を――遣わしてくれたのだ。かくてわたしは目覚め――わたしはきみのもの、そしてわたしのものだから――きみは、夜こそわたしの生になると告げ――わたしを人間とし

（2）　ありとあらゆる生命の棲むところ。
（3）　カール・フィリップ・モーリッツ（一七五六―九三）の『古代神話』には、マントを広げた夜の女王が夢の神に罌粟の束を渡している図が掲載されている。罌粟の実は乳液から阿片を製し、ここでは眠りのメタファーとなる。

てくれた――ああ、灼熱の霊の炎でわが現身《うつしみ》を呑みつくせ、さすればこの身は風となり、きみともっと密に溶け合い、そうして永遠に婚礼の夜がつづくだろう。

## 二

朝は必ずやめぐり来なければならないのか。地上の権勢が終わりをとげることは、ついにないのか。厭わしい昼の営みは、夜の神々しい気配を呑みつくす。愛の密やかな捧げ物は、永遠に燃えつづけることはないのか。光の時間には限りがあった――だが、夜の支配は時空を超えている。――眠りは永遠につづく。聖なる眠りよ――この地上の昼の営みのなかで夜に捧げられた者に、稀ならずその恵みを与えよ。愚か者ばかりはおまえを見損ない、まことの夜のあの薄明のなかで、おまえが思いやり深くわれらに投げかける影のほかには、いかなる眠りも知ることはない。黄金なす葡萄の液のみなぎりのなかに――扁桃《へんとう》の秘油(4)のなかに、罌粟の褐色の液汁のなかに――かれらはおまえを感じ取ることもない。あえかな乙女の胸のまわりを漂い、その膝を天国と化すものこそおまえだということを、かれらは知らない――おまえがそのかみの物語から天国の扉をうち開いて歩み出で、浄福の死者たちの住まいを開ける鍵をもたらすことを、かれらは予感しはしないのだ。ああ、おまえ、尽きせぬ秘密の黙せる使者よ。

三

かつて、苦い涙を流し、苦しみに溶けてわが希望もはかなく消え、狭くて暗い窨《あなぐら》にわが生命《いのち》の姿を埋み隠した荒れた墓丘に、わたしはひとり寂しく立ち——いかな孤独の人にもまして寂しく、言いしれぬ不安に駆られ——力なく、ただ悲痛な思いに沈んでいたとき——救いを求めてあたりを見まわし、前に進むも後ろに退くもかなわず、尽きせぬ憧れこめて、逃れゆく生、消え去った生にすがりついたとき——おりしも青色の彼方から——過ぎし日のわが至福の高みから——夕べの神立《かんだち》が訪れ(5)——突如とし

(4) 扁桃はアーモンド、巴旦杏《はたんきょう》とも。苦扁桃油は、当時の医学では痙攣・震顫状態の鎮静剤として用いられた。ノヴァーリス自身、一七九八年の終わりごろに、「もし回復の見込みがないか、病状がひどく悪化しているばあいには、苦扁桃油か阿片が残されている」と書き付けている(「一般草稿」[877])。

(5) いわゆる「ゾフィー死後の日記」の一七九七年五月十三日のところには、その日は神立(雷)が鳴り、嵐となったとある。それと、その日読んだシェイクスピアの『ロミオとジュリエット』に煽られるようにして、ゾフィーの墓辺で名状しがたい喜悦と戦慄を覚え、亡きゾフィーが身近にいると感じたと記される。以下、第三歌は、この日の日記をもとにしている。ただし、完成稿までには二年半以上の歳月が経っており、この詩全体をたんに伝記的な事実の敷衍とみなすべきではないだろう。

て臍の緒が——光の枷が——断たれた。地上の壮麗さは消え去り、ともにわが悲しみも消え失せ——憂愁も、新たな無窮の世界へと流れ込んだ——夜の熱狂、天国の眠りであるおまえが、わたしの身に訪れ——あたりは静かに聳えていった。解き放たれ、新たな生を享けたわが霊が、その上に漂っていた。墓丘は砂塵と化し——その砂塵を透かして、神々しく変容した恋人の面差しが見えた。その眼には永遠が宿っていた——わたしがその両の手をとると、涙はきらめく不断の糸となった。数千年が、嵐のごとくに遠方《おちかた》に吹き過ぎていった。恋人の首にすがって、わたしは新たな生に恍惚となって涙を流した——それこそは最初にして唯一の夢だった——そしてようやくそのときから、わたしは夜の天空と、その天空の光である恋人への、永遠不変の信を感じている。

## 四

いまこそわたしは知る、最後の朝が到来する時を——光が、もはや夜と愛とを追い立てなくなる時を——まどろみが永遠となり、ただひとつの尽きせぬ夢となる時を。わたしは身内に、この世ならぬ疲れを覚える。——聖墳墓への巡礼の道は遠く、わたしは疲れ、十字架は重くのしかかった。墓丘の暗い懐に、俗なる感覚には感知できない水晶の波が湧き出で、墓丘の根かたで地上の洪水は砕け散る。この水晶の水を味わった者、この世の境をなす山の頂きに立ち、新たな領国、夜の住処を、眺めやった者は——まこと、この世の営みに戻ることなく、光が永遠に落ち着くことなく住まう国に還りはしない。

この者が、山上に小屋を(6)、平和の小屋を建て、憧れ愛しつつ、彼方を見はるかしているど、ついには、あらゆる時のなかでも最も好ましい時が到来し、かれをあの下方の湧き出づる泉へと引き込んでいく——地上的なものは、水面に浮かび上がり、嵐によって元の場所へ引き戻される。だが、愛に触れて聖化されたものは、泉に溶けて流れゆき、隠された道をたどって彼岸の領域に入りこみ、さながら香りが混じりあうように、眠れる愛しき者らと混じりあう。

溌剌たる光よ、なおもおまえは疲れた者を呼び覚まして仕事へ駆り立て——わたしに陽気な生を送らせようとする——だが、おまえは、追憶の苔むした墓碑から、わたしを引き離せはしない。わたしは喜んでまめなるこの両の手を働かせもしよう、おま

（6）敬虔主義では、山上に置かれた小屋は、神秘的な宗教的共同体と神への近さを表わす象徴となる。

えがわたしを必要とするなら、どこといわず眺めもしよう——おまえの栄耀に満ちた輝きを讃えもしよう——おまえの造化の妙の美しい連関を、飽かず追い求めもしよう——おまえの巨大な輝く時計の意味深い歩みを、喜んで観じもしよう——諸々の力の均衡の根拠を探り、数知れぬ空間と、そこに流れる時間の、摩訶不思議な遊戯の法則を究めもしよう。だが、わたしの秘められた心は、夜と、その娘である産む愛に、変わらぬ忠誠《まこと》をつくす。光よ、おまえはわたしに永遠に忠誠をつくす心を示せるか。おまえの太陽は、わたしを認める親しげな眼を持っているか。おまえの星は、わたしが願い求めて差しのべる手をとらえてくれるか。やさしくわたしの手を握り返し、愛の言葉をささやいてくれるか。おまえは、とりどりの色と軽やかな輪郭でもって、**彼女**〔**夜**〕を飾ったか——それとも、おまえの装飾に、より高く、より好ましい意味を与えたものこそ、**彼女**〔**夜**〕であったのか。おまえの生は、死の陶酔にみあうどんな喜悦を、どんな享楽を、約束してくれるのか。われらを熱狂させる〔霊感を吹き込む〕ものは、すべて、夜の色彩をおびてはいないか。夜はおまえを母のように腕に抱き、おまえはその栄光のすべてを夜に負っている。おまえが熱を帯び、炎と燃えながら世界を産むことができるようにと、夜がおまえをとらえ、繋ぎ止めてくれないならば、おまえは自分自身のなかで消尽し——無限の空間に溶け失せていくだろう。まことわたしは、おまえが存在する以前に在ったのだ――母が、わたしを兄弟姉妹《はらから》とともにここに遣わしたのだ、おまえの世界に住み、その世界を愛をもって聖化し、永遠に見つめられる記念碑とするように――けっして萎れることのない花をそこに植えるようにと。この神のごとき慮《おもんぱか》りも、まだ世界を成熟させはしなかった――われらの啓示の痕跡は、なおわずかでしかない――いつかおまえが、われらのひとりとひとしくなり、憧れと熱情にあふれるままに消え失せ、死んでいくとき、おまえの時計は、時の終焉を告げるだろう。わたしは、心のうちに、おまえのせわしない営みが終わるのを感じる――天上の自由、幸いなる帰還を感じる。激しい苦痛のうちにわたしは、おまえがわれらの故郷から遠ざかり、そのかみの栄光に包まれた天上に反逆するのを知る。おまえの憤怒、おまえの激昂はむなしい。十字架は――われらの族《うから》の勝利の御旗は――焼き尽くされずに立つ。

彼岸へとわたしは巡礼の途をゆく、
するといかな苦痛も
いつの日か、快楽《けらく》の疼きに
変わるだろう。

なおしばし時経れば
わたしは解き放たれ、
酔い痴れて
恋人の膝に伏すだろう。
尽きせぬ生命《いのち》が
わたしのなかで力強くうねる
わたしは上つ方から
おまえを見下ろす。
あの墓丘のもとに
おまえの光輝は消えてゆく――
ひとつの影が
涼やかな葉冠[7]をたずさえてくる。
おお、愛する者[8]よ、
力強くわたしを吸いこんでくれ！
わたしが永遠《とわ》の眠りに落ち
愛することができるように。

死の若やぎの潮を
わたしは感じる、
わたしの血潮は
香油《バルサム》とエーテル(9)に変わる——
わたしは昼を
信仰と勇気に満ちて生き
そして夜ごと
聖なる灼熱につつまれて死ぬ。

(7) レッシングの『古代人はいかに死を描いたか』(一七六九)では、ひとの死の際、守護霊が、生の象徴である炎が消えた松明と、葉冠を手にして現れるという。
(8) 「死」と解釈するのが優先するが、「キリスト」ととる解釈もある。
(9) アリストテレスは、地水火風のほかに、天体を構成する第五の元素としてエーテルなるものを想定した。爾来、この概念はさまざまに考究されてきたが、最終的には、二十世紀の初頭にアインシュタインの相対性理論によって、その存在は否定された。

# 五

遠い世、あまねく広がった人間の諸族を、ひとつの鉄の運命が、無言の力を揮《ふる》って支配していた。暗く重い縛めが、かれらの不安な魂を締めつけていた。——大地は、無窮であり——神々の坐《いま》す所、そしてその故郷だった。永劫の昔から、大地の神秘に満ちた建物は立っていた。朝焼けの山並みの彼方、大海の聖なる胎に、太陽は、あらゆるものに火を点けるいきいきとした光として、住まっていた。⑩ひとりの年老いた巨人⑪が、至福の世界を担っていた。山々の下には、母なる大地の初子《ういご》たち⑫がひしと身を寄せて横たわり——破壊的な憤怒を胸に、新たに到来した栄光の神々の一族⑬と、その縁者である晴朗な人間たちに、いたずらに抗っていた。大海の暗い緑の深みは、女神⑭の胎だった。その水晶の洞窟では、豊かな一族が逸楽にふけっていた。川も、木も、花も、獣も、人間のような感覚をもっていた。青春の化身たる女神⑮に注がれた葡萄酒は、はるかに甘美だった。葡萄の房にはひとりの男神⑯が生い育ち——豊かな黄金の麦穂の束には、愛に満ちた母なる女神⑰が生い育つ——愛の聖なる陶酔こそは、こよなく美しい神々⑱の娼の甘い奉仕だった——天の子らと大地の住民の永久《とわ》につづく賑々しい宴が、幾世紀にもわたり、春のように生命を沸き立たせていた——人間の族はことごとく、百千《ももち》の姿をとる微細な炎を、この世の至高者として、無邪気に崇拝した。だが、それも、ひとつの想念にすぎなかった。ひとつの戦慄すべき幻影が、

楽しい宴の席に形相すごく歩み来て
ひとの心を激しい恐怖で覆ったのだ。
かくては神々さえも、塞《ふた》がる胸を慰める
いかな言葉も知らなかった。

(10) ギリシア神話で、太陽神ヘリオスは、朝になると馬車に乗って海から出、夕方になるとまた海に戻るとされる。以下はギリシア神話からの比喩を多用している。
(11) 大地を支える巨人アトラスのこと。
(12) 大地の女神ガイアの子供の巨人族。一番若い巨人がクロノスで、父親のウラノスを打ち負かした。クロノスは同じ運命を恐れてわが子らを呑み込んだが、母親はゼウスだけは助けることができた。のちにゼウスは、父クロノスの権力を奪い、巨人族をタルタロス(冥府の底)の山の下に追放した。
(13) ゼウスの一族。
(14) アプロディテ(ローマ神話のウェヌス)のこと。海の泡から生まれたとされる。
(15) ゼウスの娘で青春の女神へべのこと。神々の献酌役。
(16) 酒神バッコス(ローマ神話のディオニュソス)のこと。
(17) 大地、豊穣、穀物の女神デメテルのこと。その属性《アトリビュート》として麦穂をもつ。
(18) 愛と美の女神アプロディテを指す。

この怪異のゆく道は秘密に満ち、その憤怒は
祈りも、供物も、鎮めることはかなわなかった——
この愉楽の宴を、不安と苦痛と涙でもって
断ち切ったのは、死であった。

かくて、この世にあって甘い快楽《けらく》で心をそそるものの、
そのすべてから永劫に隔てられ、
この世に残され、むなしい憧れと尽きせぬ悲嘆にくれる
愛する者たちから引き離されて、
死者にはただ、ほの暗い夢(19)だけが与えられ、
負わされたのは、力なく身をよじることばかりにみえた。
果てしない厭悪の岩にうち当たり
愉楽の大波は砕け散った。

大胆な精神と、気高い灼熱の感覚《こころ》をもって
人間は、あの身の毛のよだつ妖怪を美しく装った、

「ひとりのやさしき若者(20)が、灯を消してやすらわん――
風に鳴る琴の音(21)のごとやすらかに終末は訪れん。
思い出は涼やかな影なる河(22)に溶けゆかん」と、
歌は、悲しい求めに応えてうたった。
だが、なおも久遠の夜の謎、
はるかな力の厳かな徴《しるし》の謎は、解けずに残った。

古い世界は終末に傾いた。若い族の悦楽の園は朽ちた――無垢の心を失って生長する人類は、もっと自由な未開の地をひたすらめざした。神々は、従者ともども姿を消した――自然は、孤独に、生気を失ってたたずんでいた。干からびた数字と、厳めしい尺度とが、鉄の鎖で自然を縛した。かぎりない生の花々は、塵に帰し風に散るごと

(19)　黄泉の国へ行った死者は、意識のない夢のような状態でぼんやりと消えていくとされる。
(20)　死のアレゴリー。
(21)　風の神アイオロスにちなんでアイオロス(エオリア)の琴と呼ばれるもので、風に触れてひとりでに鳴る。ノヴァーリスは自然と人為の調和したポエジーのメタファーとしてこのイメージをよく用いる。
(22)　冥府をめぐる河レテのこと。死者はこの河を越えると思い出を忘却するという。

くに、瞑《くら》い言葉のなかに砕け散った。呪術の信仰は消え、その天上の友たる空想、万物を変化させ、密に結び合わせるあの空想も、遁《のが》れ去った。凍てつく野面を冷たい北風がつれなく吹き、凍結した奇跡の故郷は、エーテルのなかに飛散した。天空のはるか彼方は、無数の輝く世界で満たされていた。もっと深い聖性へ、心情のさらなる高みへと、世界の霊は諸々の勢力を引き具して移っていった――壮麗な世界が明けそめるまで、そこを統べるために。もはや光は、神々の住まうところではなく、天上の徴《しるし》でもなかった――神々は夜の帳を被《かず》いた。夜は、啓示を孕む力強い母胎となった――神々はそこへと帰還し――新たな壮麗な姿となって、変容した世界に出てゆくために、まどろみに落ちた。とりわけて蔑まれながら、あまりに早く成熟し、浄福なる青春の純真さにかたくなに背を向けていた民㉓のなかに、見も知らぬ相貌をした新しい世界が――詩趣あふれる粗末な小屋のなかに――処女にして母なる最初の女《ひと》の子が――神秘に満ちた抱擁の無限の果実が――姿を現わした。東方の予感に満ちた叡智、豊かに花咲く叡智が㉔、新しい時のはじまりを先駆けて認め――ひとつの星が、王の倹下《へりくだ》りの揺籃への道を示した。かれらははるかな未来の名において、自然の至高の奇跡たる光輝と芳香㉕をもって、この王に敬意を表した。王の天上的な心は密やかにほころんで、全能の愛の花の萼となった――父の気高い面《おもて》に真向かい、愛らしくも厳かな母の、予感に満ちた胸に安らいつつ。花開こうとする幼子の、予言を孕んだ眼差しは、おのが生涯の地上の運命を顧みもせず、ひたむきな熱意で、来たるべき日々と、神々の一族の子孫たる愛する人びとに注がれた。日ならずして、いとも純真な心情の者たちが、奇《くす》しくも、衷心からの愛に駆られて、かれのまわりに集った。かれのかたわらに、新しい未聞の生命が、花のように萌え出でた。尽きせぬ言葉、こよない福音を告げる言葉が、かれのやさしげな唇から、神の霊の火花のようにこぼれた。ヘラス(26)の晴朗な空のもとに生を享けたひとりの歌びと(27)が、はるかな岸辺(28)からパレスティナに到来し、その

(23)　古代イスラエルの民のこと。以下はキリストの誕生のシーンを暗示する叙述となる。
(24)　キリストの誕生を予感した当方の三博士のこと。
(25)　東方の三博士〔占星術の学者〕が幼子イエスに黄金、乳香、没薬を贈り物として捧げたことを暗示する（「マタイ」2・11）。
(26)　ギリシアの古名。
(27)　これがだれを暗示しているかについては、福音書をインドにもたらしたとされる使徒トマス、スミルナのディオドロス、「ヨハネ福音書」にある「われわれはイエスを見たい」といい、イエスが変容の近いことを告げたという「ギリシア人」（12・20—24）、あるいは、インドまでおもむいたともされる詩の神としてのディオニュソスや、詩人の原型としてのオルフェウス、あるいは作者ノヴァーリス自身など、諸説ある。一方、性急な特定化は避けるべきだという説もある。いずれにせよ、古代ギリシアの神話的な詩人とキリスト教的な詩人を統合した姿とみることができよう。
(28)　ノヴァーリスの最初の考えでは「椰子の国から」（エジプトから）とされていた。

心のたけを、この奇跡の幼子に捧げた——

あなたこそは、久しくわれらの墓の上で
深い思いに沈むあの若者——
闇路のなかの慰めの徴——
より高貴な人類の喜ばしきはじまり。
われらを深い悲しみに沈めたものが
いまは甘やかな憧れとともにわれらを地上《ここ》から引き連れていく。
死のなかにこそ、永遠の生命《いのち》は知られた、
あなたは死、そしてわれらを初めて健やかにしてくれる。

歌びとは、歓喜に溢れてインドスタン(29)におもむいた——心は甘美な愛に酔い痴れていた。かの地の温和な空のもと、火と燃える歌に乗せて、その心のたけを降り注いだ——百千《ももち》のひとが歌びとに心を傾け、福音は、無数に枝分かれして生い茂った。歌びとが立ち去るや、時を経ずして、かの貴い命が、人間の底深い堕落の犠牲となった——かれは若くして死に、愛する世界から、涙する母から、怖じる朋輩《ともがら》から、もぎ離された。筆舌に尽くせぬ苦しみの暗鬱な杯を、その愛らしい口は乾した――恐ろしい不安のうちに、新しい世界の誕生の刻限《とき》は近づいた。かれは古い世界の死の恐怖に激しく抗った――古い世界の重圧は、かれにずっしりとのしかかった。いま一度、かれはやさしげに母のほうを見やった――と、そのとき、永遠の愛の解き放ちの手が触れ――かれは眠りに落ちた。暗い帳が低く垂れこめ、とどろき騒ぐ海原や震えおののく大地を覆い、かれに愛された者たちは、とめどなく涙を流した――だが、それもほんの数日だった。秘密の封印は解かれ――天の霊たちが、暗い墓から蒼古の石をもち上げた。まどろむ者のかたわらに、天使たちが――かれの夢からやさしく象《かたど》られて――坐った。かれは、新しい神々の栄光につつまれて目覚め、新生の世界の高みへと昇っていった――みずからの手で、古い世界の亡骸を、いま後にしたばかりの墓穴に埋葬し、全能の手で、いかなる力も揚げることのできない石を、その上に置いた。

いまなおあなたの墓辺では、あなたの愛する者たちが、喜びの涙を流し、感動とつきせぬ感謝の涙にくれて――いまなおあなたが――そしてあなたとともにみずからが――甦るのを、驚喜して見つめている。あなたが、母の浄福の胸に甘やかにひしとす

(29)　一般にヒンドゥスタンと呼ばれるところ。元来はインドのペルシア名で、とくに北インドのガンジス川の流域、もしくはヒンドゥー教徒の住む地帯を指す。

がって泣くのを、友らとともに厳粛な面持ちでこの世を歩むのを、生命の樹から摘み取ったかのような言葉を語るのを、見つめている。あなたが、若い人類を引き連れ、黄金の未来の酌みつくせぬ杯を手に、憧れに胸迫りつつ、父の腕《かいな》のなかに急ぐのを、見つめている。日ならずして、母はあなたのあとを——天なる勝利のうちに——急ぎ追った。母は、新しい故郷であなたのかたわらに居る最初の人であった。爾来、長い歳月が流れ、いやます光輝につつまれて、あなたの新しい創造の手は働いた——そして、幾千もの人びとが、苦痛と苦悩にあえいだ末に、信仰と、憧憬と、誠実さとを胸にみなぎらせて、あなたのあとを追った——かれらはいま、あなたと、天なる処女とともに、愛の国を巡礼し(30)——天上の死の聖堂に仕え、永遠にあなたのものとなっている。

石はもたげられた——
人類は甦った——
われらはみな、あなたのものでありながら
なんら束縛を感じない。
最後の晩餐のとき——

大地と生が消え去れば、
いかな耐えがたき苦しみも
あなたの黄金の秤皿をおそれて遁れゆく。

婚礼の時刻《とき》を死は告げる――
灯火は明るく燃え――
乙女たちはその場に控え――
油が尽きることはない(31)――
彼方に、はや
あなたの一行の来る音が響かんことを、

(30)「巡礼する wallen」は、手稿では「治める walten」となっている。
(31)「マタイ」(25・1―10)によると、五人の賢い乙女と五人の愚かな乙女が、灯火を持って花婿を迎えに出て行く際、愚かな乙女たちは、油の用意をしていなかった。だが賢い乙女たちは油を壺に入れて持っていった。愚かな乙女たちが油を買いにいっているあいだに花婿(イエス)が来て、婚宴の席に入り、戸が閉められた。この挿話は、「目を覚ましていなさい。あなたがたは、その日、その時を知らないのだから」と結ばれる。

星々が、人の舌と声音で、
われらに呼びかけんことを。

マリアよ、あなたを求めて、はやも
百千《ももち》の心が高まっている。
この影の生にあって
あなただけを求めていたのだ。
この者たちは癒えることを望んでいる
喜ばしい予感にあふれて――
聖なる存在《ひと》よ、あなたはその誠実《まこと》ある胸に
この者たちを抱きしめてくれるか。

苛烈な苦悩に身を焼かれ
やつれ果て
この世から遁れて
あなたのもとへと立ち返った数多の者たち――

その姿は、数多の艱難辛苦をなめるわれらに
救いの手を差しのべてくれるように思えた——
いまこそ、かれらのもとへとおもむいて
永遠にそこにとどまろう。

愛を胸に信じる者は、いまはもう
墓辺で苦しみに泣きはしない。
愛の甘《うま》しい所有は
だれからも奪われはしない——
憧れを鎮めようと
夜が、かれに霊感を吹き込む——
誠実《まこと》ある天の子らが
その心を見守っている。

案ずるなかれ、生は永遠の
生に向かって歩むのだから——

内なる灼熱に煽られて、
われらの感官は輝かしく変容する。
星の世界は溶け流れ
黄金の生命《いのち》の美酒と化すだろう、
われらはそれを味わい飲み
明るい星となるだろう。

愛は惜しみなく与えられ、
もはや別離はなくなった。
果てしない大海原さながらに
充溢した生が波と打つ。
ただ一夜《ひとよ》の歓喜——
ただひとつの永遠の詩《うた》——
そして神の顔《かんばせ》こそ
われらすべての太陽なのだ。

六

## 死への憧れ

大地の胎へ下ろう、
光の国をあとにしよう、
猛き苦痛や激しい喘ぎは
喜ばしい船出の合図。
われらは狭い小舟(32)に乗って
すみやかに天の岸辺に到り着く。

永遠の夜こそ、讃えられよ、
永遠の眠りこそ、讃えられよ。

(32)　ギリシア神話では、死者は冥府の河レテを渡し守カロンの漕ぐ小舟に乗って渡る。これはキリスト教の埋葬のときの柩と二重メタファーとなっている。ノヴァーリスは、古典古代のギリシアとキリスト教のメタファーを用いて「大地の胎」と「天の岸辺」が融合する新たな世界を描こうとしている。

なるほど昼はわれらを暖めたが、
長い苦悩にわれらは萎えた。
異境の女(33)の快楽はわれらのもとから立ち去った、
さてこそ、父のもとへ帰りゆこう。

この世にあっては、われらの愛と誠実《まこと》を
なんとしたらよいのだろう。
古いものがないがしろにされるなら、
新しいものがわれらにとってなんとなろう。
ああ、熱い敬虔な心で前《さき》の世を愛する者は
深い憂いに閉ざされて、ひとり寂しくたたずむのみ。

前の世、感官は高い炎をあげて
明るく燃え、
父の御手と顔《かんばせ》を
まだ人間《ひと》は見知っていた。

そして気高い感覚《こころ》をもって、素朴なままに
なお数多の者が父なる原像に相似ていた。

前の世、なお花も盛りに
太古の種族が燦然と輝き、
子らは天国に至らんと
苦悩と死とを請い求めた。
快楽や生が声をかけようとも
数多の胸が愛のために張り裂けた。

前の世、青春の灼熱に燃え
神みずからが姿を顕わし
愛ゆえに雄々しくも早き死に
その甘美な命を捧げられた。
不安も苦痛もその身に引き受け、

(33)　太陽、あるいは昼の世界を指す。

ゆえに、われらにかけがえのない存在となった。

闇夜につつまれた前の世を
不安な憧れを胸にわれらは見やる、
限りあるこの世では
熱い渇きはけっして癒されはしない。
この聖なる時を見るために、
われらは故郷へ帰らねばならない。

われらの帰郷をなお引き留めるものはなにか、
最愛の者たちは、とうに久しく安らっている。
その墓がわれらの生の歩みを閉ざし、
いま、われらは悲しみと不安に沈む。
もはや求めるもののひとつとてなく――
心は倦み――世界はうつろだ。

かぎりなく神秘に満ちて
甘美な戦慄《おののき》が身内を走る――
われらの悲嘆のこだまが
はるかな深みから響いてくるようだ。
愛する者たちもまた、われらに憧れて
憧れの吐息を送ってきたのだろう。

甘《うま》し花嫁(34)のもとに下ろう、
イエスのもと、恋人(35)のもとへ――
案ずるなかれ、愛する者、悲しむ者らに、
夕闇が迫りくる。
ひとつの夢が、われらの枷を断ち切って
われらを父の御膝に沈ましむ。

(34)　イエスのこと。
(35)　イエスのこと。

# サイスの弟子たち

フライベルク鉱山大学

# 一　弟子

人間は、種々さまざまな道を歩む。そうした道の跡をたどり、互いにつき合わせてみるならば、不思議な象《かたち》が現れてくるのに気づくだろう――こうした象は、鳥の翼や、卵の殻、雲や、雪、結晶や、石のさまざまな形、凍る水面、はたまた山や、植物や、動物や、人間の、その内部や外部、さては天空の星辰、また、触れたりこすったりした瀝青板と硝子板、(1)磁石のまわりに蝟集するやすり屑、あるいは奇妙な偶然のめぐり合わせなど、いたるところに認められるあの大いなる暗号文字(2)をなすようにみえる。これらの象のなかには、あの不思議な文字を解読する鍵が、そのための文法が、予感されるのだが、しかしこの予感自体、いっこうに確たる形をとろうとはせず、それ以

（1）自然学者エルンスト・クラドニ（一七五六―一八二七）は硝子板や薄い金属板の上に砂をまき、振動するヴァイオリンの弓を近づけると、そこにある曲線が生じることを発見し、それを音響の形態とみなした。ノヴァーリスの蔵書にクラドニ著『音響理論の発見』（一七八七）がある。ここではこの「クラドニ曲線」が示唆されている。

上の鍵③になろうとしないようだ。人間の感官の上には、一種の万物溶解液《アルカヘスト》④がふりかけられているらしい。人間の願望と思念は、ほんの一瞬、濃密になるかにみえる。そうするとさまざまな予感が湧く。だが、それも束の間、いっさいはふたたび元のように、みるみる朧にかすんでいってしまうのだ。

遠くのほうから話し声が聞こえてきた――「不可解とは、要するに、理解力の無さがもたらす結果にすぎない⑤。理解力が無いと、自分がすでに持っているものしか求めない。だから、それ以上の発見にはけっしていたらないのさ。ひとが言葉を理解しないのは、言葉自身がみずからを理解せず、また理解しようとも思っていないからだ。真のサンスクリット⑥は語るがために語る。語ることがその喜び、その本質だからね。」

まもなくまただれかが言った――「聖なる書物に説明はいりません。まことの語り手は永遠《とわ》の生命《いのち》に満ちています。そういう人の書いたものは、ほんとうの神秘と不思議な類縁があるような気がします。だって、ああいう書物は、宇宙万有の交響曲⑦から発せられるひとつの和音なんですからね。」

この声の主が語っているのは、まごうことなくわたしたちの師のことだ。師こそは、いたるところに散在する諸々の実相を集める術《すべ》を心得ておられる方なのだから。たと

えば、わたしたちの眼前に尊いルーネ文字[(8)]が置かれているときなど、その文字を明ら

（2）　原語は Chiffernschrift。暗号文字、もしくは、それによって書かれた暗号文書を指す。暗号(Chiffer, Ziffer)はフランス語の chiffre に由来するが、元来はアラビア語の sifr すなわち「空無」から作られたもので、言葉に言い換えられた数記号を表わす。そこから、秘められた記号、暗号文字、暗号文書を指すようになった。ここでは、自然は秘密の記号によって自己を表わすというパラケルスス(一四九三―一五四一)の表徴論にも重なる解釈をとっている。また、世界を「開かれた書物」とするメタファーは古くからあるが、とくに、「神は自然と聖書の二冊の書物を通して啓示を与える」という中世キリスト教会の説教に現れ、ついで神学概念のなかで中心的位置を占めるようになり、やがて一般的に使用されるにいたった。

（3）　シラーは一七九〇年に文芸誌「タリーア」で公にした「モーゼの使命」において「最後にはヒエログリフと秘密の形象を解く鍵はすっかり失われ、かくて、最初は真理をただつつんでいただけのはずのこれらのものが、真理そのものと受け取られるようになった」(SW.IV, 794)と言い、その態度を誤謬としている。

（4）　錬金術においてあらゆる物質を透明な液体に変えるとされる薬液。アルカヘスト(Alcahest)という概念はパラケルススによって中高ドイツ語の ›al-gehist‹, ›Allgeist‹ から導出された。

（5）　フリードリヒ・シュレーゲルは、一七九八年に構想され、一八〇〇年の「アテネウム」誌第三巻第二部に掲載された「不可解ということについて」という論文で、「語源の詮索が好きな常識人なら、不可解(unverständlich)とは、要するに無思慮(Unverstand)、すなわち、悟性〔思慮〕Verstand の欠如)によるのではないかとすぐに推測するだろう」と言い、自分たち初期ロマン派の雑誌「アテネウム」が不可解だという一般の非難に答えて、悟性を発達させることにより、真にこれを読めるような新しい読者層が誕生するだろうと述べている。

かにし、理解させてくれる光明の星が、わたしたちの心のなかにも輝き出たかどうか見ようとなさって、わたしたちの眼をじっとのぞきこまれるとき、師の眼差しには一種独特の光がきらめく。蒙昧の闇が明けやらずに悲しげにしているのをご覧になると、師はわたしたちを慰めて、倦まずたゆまず観察を続けていけば、いつの日か必ずうまくいくとうけあってくださる。師は、わたしたちに、自分が子供の頃、感官を鍛え、活用し、充実させたいという止みがたい衝動にどれほど駆りたてられていたか、よく話してくださったものだ――「わたしは、星を眼で追っては、その様相《ありさま》や並び具合を砂に写し取ったものだ。たえず天空を仰いでは、その澄みぐあいや移りゆくさま、雲や星辰を飽かず観察した。ありとあらゆる種類の石や、花や、甲虫を採集し、これをいろいろに並べてみもした。人間や禽獣に観察の眼を向け、海辺に坐しては貝殻を探しもした。われとわが心情《こころ》と思念《おもい》にもじっと耳を澄ましもした。憧れに誘われるまま、いったい自分がどこへ向かうのか、それもわからずにおったものだ。

　さて長じてからは、方々をさすらい歩き、異郷の土地や海、新しい大気、未知なる星、名も知らぬ草木禽獣の類、そして人間たちを、とくと眺めもした。また洞窟にもぐっては、鉱床や色とりどりの地層を見て、大地の構造がどのように形成されているかを観察し、珍しい形の岩石があれば、粘土を押しつけて型をとった。さて、そうす

るうちに、どこへ行っても出会うのは旧知のものばかりで、ただそれらが玄妙に混じ

(6) 英国のウィリアム・ジョーンズの『アジア研究』(一七八六)により、古代インドのサンスクリットはヨーロッパでも知られるようになった。ノヴァーリスはサンスクリットを、ゲオルク・フォルスター(一七五四―九四)によって英語版からドイツ語に翻訳されたカーリダーサの『シャクンタラー』(一七九二)で知る。フォルスターはこの本の注で、サンスクリットを以下のように説明している――「現在はサンスクリットは本の中で出合うのみだが、この言葉は高度な文法的構造を有し、『サンスクリット、すなわち完成された言語』と呼ばれる。字体はナガリと呼ばれ、ときにデウラ(神)と前に付くことがあるが、神自身がこの言葉を教え、現在の巧緻な形式を定めたと言われるからである」(Forster: *Werke.* VII, 420)。ノヴァーリスがここで「真のサンスクリット」と言うのは、これをあの失われた「アダムの言語」というモティーフと結び付けて、「黄金時代」の反響をなお保持するものとみなすからである。なおフォルスター訳の『シャクンタラー』は当時のドイツではよく読まれ、ノヴァーリスの愛読書のひとつでもあった。ノヴァーリスとかれの兄弟は、若い婚約者ゾフィー・フォン・キューンを「シャクンタラー」と呼んでいた。

(7) ピュタゴラスの「天体の調和」論にもとづく。天体は調和的な数の法則によって廻っており、その回転は調和的な響きとして知覚されるはずだとされる。

(8) ルーネ文字はゲルマン語の最古の文字で、魔法の呪文として用いられたとされる。「ルーネ(Rune)」とは古高ドイツ語で「秘密の術」の意。

(9) このモティーフには二つの伝統が流れこんでいる。砂に図形を描く数学者アルキメデスという世俗的伝統と、世界に自分の署名を書き込む神の子というキリスト教の伝統である。「しかしイエスは身をかがめ、／指でもって大地に書かれた」(「ヨハネ」8・6)。ルターのドイツ語訳では「大地」は「砂」となっている。

りあい、組み合わされているにすぎないことがわかった。そんなわけで、しばしばわたしの心のなかでは、稀有な事物もおのずから秩序をなした。やがて、なにを見ても、それが結合し、遭遇し、集合するさまに注意を払うようになったのだ。やがてわたしは、何ものもそれのみで見るということをしなくなった。——感官が知覚したものは、寄り集まっていくつもの大いなる多彩な像となった。わたしは一挙に聞き、見、触れ、そして考えた。まったく異質のもの同士をつき合わせてみるのが楽しみだった。わたしが見れば、あるときは星が人間に、またあるときは人間が星に、石が動物に、雲が植物になりもした。あれこれの力や現象を操って、しかじかのものはどこでどのようにしたら見出せるのか、あるいは、呼び出すことができるのかを心得た。そうしてまた、みずから弦をつまびいて音色や音の運びを探りもした。」

さて、それから師がどうなられたかは、師は語ってくださらない。師の言われるには、師の教えとわたしたち自身の意欲とに導かれて、師の身に起こったことを、いつの日かわたしたちみずからが見出すようになるだろうとのことだ。わたしたちのうちの何人かは師のもとから去っていった。かれらは、両親の家へ帰って、なにか身すぎ世すぎを覚えた。師の命《めい》を受けて旅立っていった者も何人かいるが、どこへ向かったのか、わたしたちにはわからない——師が選り出された者たちであったから。そのなかには、ここへ来て日の浅い者もいたし、もっと前からここにいた者たちもあった。ひとりはまだほんの子供だった。その子供がここへやってくるや、師はすぐさまこの子に講義を任そうとなされた。空色の眼に黒い大きな瞳、肌は百合のように白く輝き、巻き毛はさながら夕空に明るく輝くちぎれ雲のようだった。その声は、わたしたちみんなの心に深く染み入り、わたしたちは花や、石や、鳥の羽根など、なんでもかでもこの子にやってしまいたくなるほどだった。いとも生まじめな微笑をたたえており、この子供と一緒にいるとわたしたちは不思議と快い気分になった。「いつの日か、ふたたびあの子も帰って来よう」と師は言われた。「そしてわれわれとともに暮らすようになるであろう。そのとき、われわれの修業も明けるのだ。」

師はこの子供に随けてひとりの弟子を送り出されたが、それはしばしばわたしたちの同情の的となっていた者である。かれはいつも悲しげな様子をしていた。もう何年もここにいるのに、なにひとつうまくできなかった。みんなで水晶や花を探しに行っても、かれにはなかなかうまく見つからなかった。先の見通しを立てるのが苦手で、雑多なものを整理する術《すべ》も心得ていなかった。なんでもかでもすぐに壊してしまった。が、見たり聞いたりすることにかけては、誰にも負けない熱意と喜びを抱いていた。

ある時から——それは、あの子供がわたしたちのところへやって来る前のことだったが――にわかにかれは快活になり、器用になった。ある日のこと、悄然として出かけていったが、夜になっても戻らなかった。わたしたちはみなかれの身を案じた。空が白みはじめた頃、不意に近くの杜《もり》でかれの声が響いた。喜ばしい讃歌をうたっているではないか。わたしたちはみなびっくりしてしまった。師は東方の空に眼を向けられたが、あのような眼差しを見ることは、おそらく二度とないだろう。やがてかれは、わたしたちの集まっている真ん中へやってきて、えも言われぬ幸福そうな面持ちで、あまり見栄えのしない奇妙な形の小石を差し出した。師はその小石を手にとると、長いことそれに口づけをされた。それから涙に濡れた眼でわたしたちをじっとご覧になり、他の石にかこまれてぽっかり空いていた場所にその小石を置いた。そこはちょうど、いくつもの石の列が放射状に接するところだった。

この瞬間のことをわたしはこれからもけっして忘れないだろう。わたしたちはみな、この不思議な世界についてのあるはっきりとした予感が、ほんの束の間、胸に兆したような気がしたのだった。

かくいうわたしも他の仲間より不器用で、自然の宝もとりわけわたしには見つけられたがらないようなのだ。しかし、師はわたしに眼をかけてくださる。他の者たちが採集に出かけるときでも、わたしのことは坐して瞑想に耽らせておいてくださる。とはいえ、師のような境地には、わたしはどうしてもなれなかった。わたしの場合、なにを見てもいつも自分自身へ戻ってしまうのだ。先ほど第二の声の主が言っていたことが、わたしにはよくわかった。いくつもの広間に置かれた珍しい蒐集品や彫像は、わたしの眼を楽しませてくれはする。だがわたしには、そういうものも、所詮は、あるひとつの奇《くす》しき聖像のまわりに集められた模像というか、覆いか飾りでしかないように思えてならない。そして、わたしの思念《おもい》をたえず占めているのは、この奇しき聖像そのものなのだ。わたしは、あれこれと珍しいものを探しはしない。集められたもののなかになにかを探し求めることはよくある。こうした蒐集品を見ていると、わが精神の憧れてやまぬあの乙女が深い睡りについている場所へと通ずる道を、これらのものがきっと明かしてくれるはずだという気がしてくるのだ。こんな話は師は一言もなさらないし、わたしのほうでもなにもうち明けられずにいる。わたしには、それが、洩らすことのできない秘密のように思えるのだ。あの子供になら訊ねてみたかった。あの子の面立ちには類縁のものがあるように思えた。それに、あの子のそばにいると、あらゆることが心のなかではっきりとしていくような気がしたのである。あの子供がもう少し長くここにいてくれたら、わたしはきっと、自分の心のなかをもっといろいろ知りえただろう。そしてわたしの胸もついにうち開かれ、舌もほぐれたかもしれない。なろうことなら、わたしもあの子供と一緒に出かけたかった。だが、そうはならなかった。この先どのくらいここにとどまることになるのか、自分でもわからない。いつまでもここに居そうな気もする。まだ自分自身ではっきりそうと認める勇気はないのだが、ただ、いつかは、たえず心を突き動かしているものをここで見出すだろう、あの乙女はこの場所にいるのだという信念が、せきあげてきてやまないのだ。この信念を胸にあたりを歩きまわっていると、わが眼前ですべてのものがひとつに相寄って、いちだんと高い姿となり、新しい秩序をなして現れてくる。そしてそれらがすべて、ただひとつの方角を指し示す。すると、何もかもがとてもなじみのもの、とても好ましいものに見えてくる。そうして、まだ奇異でよそよそしく見えていたものも、にわかになじみの家具のようになってくる。

こうしたよそよそしさこそ、わたしにはなじまないものだ。ここにある蒐集品が、たえずわたしを突き放しもし、惹きつけもしたのは、このゆえなのだ。わたしは師を理解することなどできないし、また、理解しようとも思わない。理解できないままにわたしは師を敬愛している。師がわたしを理解してくださるのは、わたしもわかっている。どんな感情や願望を吐露しても、師が否やを言われたことは一度もない。むしろ師は、わたしたちがおのがじし自分の道を歩むことを望んでおられる。なぜならば、新しい道はどれも新しい国々を通り抜けていくが、最後には、どの道もふたたびこのわたしたちの住居に、この聖なる故郷に、たどりつくからだ。だからわたしも、わたしなりの軌跡《フィグール》を描いてみよう。そして、もしも、かの地の碑銘にあるとおり、死すべき人間にはあのヴェールを掲げることはできない(10)というなら、わたしたちが不死となるよう努めなければならない――あのヴェールを掲げようと願わぬ者は、真のサイスの弟子ではない。

## 二　自　然

人間が、おのが感官がとらえるさまざまな対象を、ひとつの共通の名称で呼び、それを自分と対置(11)してみようと考えおよぶまでには、長い時間がかかったであろう。修

(10)　シラーはその論文「モーゼの使命」(前出)において、「イシスの古い彫像の下に、以下のような言葉を読むことができる――『私はここにあるところの者である。』そしてサイスのあるピラミッドには、太古の瞠目すべき刻印が見出される――『我は現にあり、かつてあり、向後あるところのものである。死すべき人間の誰ひとりとして我がヴェールをかかげる者はなかった』」(SW.IV. 792)と記している。シラーの譚詩「サイスのヴェール被《かず》ける像」とそれへのノヴァーリスの反応については「解説」を参照のこと。

練すれば発達はめざましい。そして、およそ発達をとげていくときには、ちょうど光線の屈折に比せられるような分割や分岐が生じる。そのように、われわれの内面も、徐々にではあるが分裂を重ねてさまざまな力を得てきたわけで、さらに不断の修練を怠らなければ、この分裂もますます進んでいくだろう。もしや後世の人びとが、このように散乱してしまった自分の精神の色彩を、もう一度混ぜ合わせ、随意に昔の単純な自然状態を復元したり、あるいは、新しくさまざまに組み合わせたりする能力を失っているとすれば、それはひとえに、かれらの資質が病んでしまったからであろう。精神の色彩がひとつに溶けあうにつれ、個々の自然物や現象も、みな、ますますひとつに溶けあい、ますます完全な、ますます人間的な姿をとって、この色彩のなかへと流れ込んでいく——印象のありようとは、感官のありように呼応するものだからだ。それゆえ、かの昔日の人びとには、万象が人間的で、なじみ深く、親しいものに思えたはずだし、かれらの眼には、それらの最も鮮やかな特性がそのまま映じたにちがいない。また、かれらの口にする言葉は、ことごとく、真の自然の息吹であり、かれらの思い描くものは、周囲の世界と一致し、その世界の忠実な表現となっていたにちがいない。それゆえ、環界の事物についてわれわれの祖先が思考したことは、当時の地上の自然状態から必然的に生みだされたものであり、その自画像であるとみなすことができる。またとりわけ、万有を観察するのに最もふさわしい道具であったかれらの思考を見ると、万有の主たる関係、すなわち当時、万有がそこに住む人びとに対してとった関係、また人びとが万有に対してとった関係が、はっきりとわかるのである。

われわれの知るところによれば、当時の人びとは、まさしく最も崇高な問題にまっさきに注意を傾け、この驚異に満ちた建物の鍵を、あるときは、現実のさまざまな事物のうちのあるひとつの主要な要素に、またあるときは、未知なる感官がこしらえあげた架空の対象に探し求めた。ここで眼を引くのは、みながみな、その鍵が、液状のものや、希薄なもの、形無きもののなかにあると予感したという事実である。(12) 無理からぬことだが、おそらくは固体の不活発さや鈍重さが、それが従属的で一段低いものだという考えを誘発したのだろう。だが、たちまち、ある考究型の頭脳の持ち主が、(13) かれはこうした形なき力や海から、形あるものを説明するという難問にぶつかった。

(11) フィヒテの『知識学』の用語「反立」との関係も考えられる。ただしノヴァーリスは、「フィヒテはあまりに恣意的に一切を自我にもちこまなかったか?……自我は、他我、もしくは非我なしに自我として自己を措定しうるか」とフィヒテに疑義を呈している(「フィヒテ研究」[5])。

(12) ソクラテス以前の自然哲学において、世界の根源的物質をタレスは水に、アナクシメネスは空気に、ヘラクレイトスとヒッパソスは火に認めたことを暗に示す。

(13) デモクリトスの古代原子論を暗に指していると思われる。

この難点を、一種の結合という考えによって解こうと試みた。つまり、劫初のその始まりを有形の固体の粒子とし、しかも、想像を絶するほど微細なものと想定して、この微細な塵の海から壮大な建物が築き上げられうる——とはいえもちろん、これと協力して働く引力や斥力といった思弁的な力の助けがあってのことだが——と考えたのである。

さらに昔に遡ると、科学的な説明のかわりに、人間と神々と動物が、共同の工匠となって作りあげる不思議な譬喩的形象に満ちたメルヒェンや詩があった。そこには、きわめて自然な仕方で世界の生成が述べられているのがうかがえる。少なくとも世界は、偶然に、道具によって発生したのは確かだと聞くが、こうした考えは、想像力の生み出す無秩序な産物を軽蔑する者にとっても、大いに有意義なものだ。世界万有の歴史を人間の歴史とみなし、どこを向いてももっぱら人間にかかわる事象や様相しか見ないという態度は、さまざまな時代にくり返し新しい装いで現れる不滅の観念となって、驚くほどの影響力をもち、容易にひとを納得させて、つねに優勢であったようである。自然の偶然性も、人間の人格という観念におのずとつながり、そうした人格は、なによりも人間の本質であるとみなされるのを好むようにみえる。それゆえ、詩が、真に自然を愛する者の最も好ましい道具となり、自然の霊は、詩のなかにこそ、最もあからさまにその姿を現わしたのであろう。真の詩を読んだり聞いたりすると、自然の内なる思慮がうごめくのが感じられ、そして、あたかも自分が自然の天上的身体となったかのように、自然のただ中や自然の上をふわふわと漂うのである。自然研究者と詩人は、**ひとつの**言語を用いることによって、つねに**ひとつの**族《うから》であるかのようにふるまってきた。自然研究者が全般的に蒐集し、整然たる大きなまとまりとなるよう並べて見せたものを、詩人は手を加えて作り変え、人間の心を養うための日々の糧や必需品とし、そうして、あの広大な自然を細やかに分け、さまざまの好ましい小自然を形作った。詩人たちが、液状のものやはかないものを軽やかな感覚で追い求めていったとすれば、自然研究者たちは鋭利なメスで刻んで、各部分の内部構造や連関を調べようとした。かれらの手にかかると、あの親しげな自然は死んでしまい、そこにはただぴくぴくと痙攣する屍しか残らなかった。一方、詩人の手になると、まるで芳醇な葡萄酒を飲んだときのように、自然はいちだんと生気を帯び、この上なく素晴らしい陽気な思いつきを聞かせてくれ、日常世界から飛び立って天まで翔けあがり、舞い踊っては予言を語り、いかなる客をも歓迎し、上機嫌でその財宝をばらまくのだった。こうして自然は、詩人とともに天国のようなひとときを楽しむが、ただ、病気になり、用心深くなったときだけは、自然研究者を招じ入れた。そういうときには、自然はどんな質問にも答えてやり、この生まじめで厳格な人に敬意を表した。自然の心情をほんとうに知りたいならば、詩人たちの集うところにそれを求めなければならない。そこでなら自然も胸襟を開き、霊妙なるその心を吐露してくれるのである。だが、自然を心の底から愛するのでなく、自然のあれやこれやの点だけに驚嘆し、そうした点だけを知ろうと努めるのなら、自然の病室や納骨堂を足繁く訪れなければならない。

われわれは自然に対して、ちょうど人間に対するのと同じく、理解にあまるほど多様な関係にある。一方、自然は、子供に対しては子供じみた面を見せ、いそいそとその無邪気な童心に合わせるが、神に対しては神のごとき姿を見せ、その気高い精神に合わせるのである。自然というものが在る、などと言うとすれば、必ずやなにか法外な話になってしまい、自然についてあれこれ論じたり談じたりして真理を求めようと努力しても、結局、どんどん自然らしさから遠ざかるばかりである。自然を十全に理解しようという努力が醇化されて、憧れに変わるなら、そう、いつかはもっと親密な交わりができるものと予想されればこそ、よそよそしくつれない態度もいまは甘受しようとするあのやさしく慎ましい憧れに変わるならば、それだけでもう大いなる収穫なのだ。

われわれの内面には、底知れぬ深い中心点から周囲にひろがり、あらゆる方向に向かおうとする神秘な衝動がある。ところで、そのわれわれは、感性的と非感性的との二つながらの霊妙な自然に取り囲まれているのであり、それゆえわれわれには、かの神秘な衝動とは、自然の引力であり、自然とわれわれの共感の発露だと思えるのだ——ただ、このはるかな青い影の彼方に、隠された故郷を、若き日の恋人や、両親や、兄弟姉妹や、旧友を、そしてなつかしい過ぎし日の出来事を求める者もいれば、また、あの彼方には自分のいまだ知らぬ栄光が待ちうけており、その背後には潑剌たる未来がひそんでいると信じ、新しい世界に渇仰の手を差しのべる者もいる。だが、この素晴らしい環界に静かにたたずみ、ひたすら自然そのものを、その充溢と連鎖の姿のままにとらえようと努め、個々のものの上には、各部分を整然と結び合わせて聖なるシャンデリアを作りあげているあのきらめく紐《ひも》があることを忘れず、深い闇夜の上で揺れるこの生命《いのち》ある装飾《かざり》を観照することに至福を覚える人は、あまり多くはない。

かくて、さまざまな自然観が生じてくる。自然感情が、一方の極では楽しい思いつきとなり、饗宴となるとすれば、他方の極では、いとも敬虔な宗教に姿を変え、ひとの一生に対して進むべき方向や、心構えや、意義を教示しているのが見られるのである。つとに醇朴な民びとの間にも、自然が神の顔《かんばせ》だとみなすような厳粛な心情の持ち主があったが、他方、陽気な心の持ち主は、もっぱら自然をあてにして食卓に招きあった——かれらにとって、空気はさわやかな飲み物で、星は夜のダンスを照らす灯であり、草木禽獣も美味な御馳走にすぎず、かくて自然も、こういう人びとにとっては、奇跡に満ちた静寂な寺院のごときものではなく、ただに楽しい厨《くりや》、食料貯蔵庫のようなものに思えるのだった。この両極端の中間に、別の、もっと深くものを考える人たちがいて、自然の現状を広大なだけの荒廃したものとみなし、より気高い自然の理想像を作り出さんと日夜心をくだいていた。——かれらは、みなで分担しあってこの偉大な仕事にあたった。ある者は、黙し失われた音響を大気や森のなかに呼び覚まそうとし、またある者は、いちだんと美しい族についての予感やイメージを金属や石に彫《え》りつけ、とびぬけて美しい岩塊を選んでは人間の住居に造りなおし、大地に掘られた坑《あな》を探っては、埋もれた宝をふたたび地上にもたらした。奔放な川の流れを治め、荒涼たる海に賑わいをもたらし、不毛の地帯には往時の見事な草木禽獣を呼びもどした。鬱蒼たる密林の行く手をはばんでは優美な花や薬草を栽培し、大地を拓いては、命を吹き込む空気や、命に火を点ける光に触れさせてこれに生命を与え、とりどりの色に向かっては、互いに混じり合い、組み合わさって、魅力的な色彩になるよう教え、森や草原や泉や岩山に向かっては、ふたたび集いあって優美な庭園を造るよう諭し、生命あるものの手足には音の調べを吹きこんで、これをひろげ伸ばし、晴れやかに身を揺らすようにし、哀れな見捨てられた動物のうち、人間の慣習になじみやすいものの世話をし、森からは有害な怪物を、頽廃した空想が生み出したこの異形のものたちを、一掃したのである。やがてまた自然は、ずっと感じのよい礼儀をわきまえ、穏やかで気持ちのよいものとなって、人間が願い求めるところに喜んで力を貸すようになった。次第に自然の心臓は、ふたたび人間のように鼓動しはじめ、その空想するところはますます晴れやかなものになっていった。自然はまた近づきやすいものとなり、親しく問いかける者には喜んで応じた。そうなると、自然が人間とともに住み、人間の友であり、慰め手であり、司祭であり、呪術医であったあの黄金時代[14]、人間が天上との交わりによって不死のものとなっていたあの往古の黄金時代が、次第に立ち返ってくるように思えてくる。その時が来れば、かつてのあの暗黒の時代には大地に背を向けていた星辰も、ふたたび地上を訪れるだろう。そのときには太陽も、その厳めしい王笏

（14）　ヘシオドス『仕事と日』やオウィディウス『変身物語』などの古代の物語では、黄金時代は最初の時代であり、法も暴力も苦痛も老化もない永遠の春で、人間が、神々や自然と調和的に暮らす楽園のような時代とされる。荒々しい自然が陶冶されていくという文明化の過程の最後に、ノヴァーリスは、人間と、融和的になった自然と、帰還した神々とが調和して支配する黄金時代の再来を置く。

をうち捨てて、⑮ふたたび数ある星のひとつとなり、世界のありとあらゆる種族は、長い別離を終えてふたたび一堂に会するだろう。そして離散した昔の家族も再会し、日々新たな挨拶、新たな抱擁が交わされるだろう。そしてまたそのときには、往時の大地の住民が戻り、墳墓という墳墓で屍灰がうごめいて新たにくすぶりだし、いたるところで生命の炎が燃えあがり、往古の住居は新たに建て替えられ、古き時代は一新して、歴史は、終わりなく果てのない現在の夢となるだろう。

　この系統に属し、こうした信仰を持って、自然を荒廃から救うこうした仕事に喜んで一身を捧げようとする者は、芸術家の工房をめぐり歩き、いたるところであらゆる階層の人びとの口からふと歌いだされる詩歌に耳を傾け、そうして自然を観察し、自然と交わって飽くことを知らない。自然が指さすところはどこへでもついていき、自然が合図を送るなら、たとえ黴臭い墓穴を通ろうと、難儀な道もものともしない——このような者は、必ずや途方もない宝を発見するだろう。坑道の奥深くに坑内灯が静かに燃えている——そこに至ったとき、地底の王国に住む魅惑の女人が、何かしらこの世ならぬ秘密を洩らしてくれることだろう。自分はとうの昔からこの不思議の国を知っており、その成り立ちも二言三言で解き明かせるとし、どこにいようとそこへ通ずる正しい道を見出せるとうぬぼれる者以外は、だれもその目的地から大きく逸れてしまうことはないはずだ。自然から身をもぎ離し、孤島のように孤立してしまった人間には、自然がおのずと理解できるということにはならないし、また、努力なしに理解できるということもない。ただ、自分のしていることを知らずにいる子供や、子供のような人びとだけは、たまさか自然を理解する。自然との絶えざる長い交わり、とらわれのない巧みな自然観察、かすかな合図や表情も見逃さない注意深さ、心の内でいとなむ詩人的生活、練磨された感官、神を畏れる醇朴な心——こうしたものは、真の自然の友に欠かせぬ本質的な要件であって、これなくしては、何びとも自然を理解したいという願いは叶うまい。花と開いた豊かな人間性なくして人間の世界を把握し、理解しようとするのは、賢明な態度とは思えない。どの感官もまどろんでいてはならぬ。たとえすべての感官がひとしく目覚めていないにしても、感官はことごとく刺激を受けねばならず、抑圧されたり、麻痺させられたりしてはならない。壁や平らな砂地があればかならず一面にいたずら描きをし、とりどりの色を混ぜ合わせて多彩な模様を描きだす子供の姿に、未来の画家が垣間見えるように、ありとあらゆる自然物を

(15)「創世記」によれば、神は天地創造の四日目に天に光る物(太陽と月)を置いて昼と夜を分けたが、そこから、太陽は時間の経過を象徴するものとされる。ノヴァーリスは、太陽が消滅するというモティーフによって、新たな黄金時代を、もはや時間を意識しない永遠の国として特徴づけている。

倦むことなく追い求めては問いかけ、すべてに注目し、珍しいものはどれも蒐集して、なにか新しい現象なり、新しい力や知識なりを会得して、それを我がものとしたときにはこれを喜ぶ——そんな姿には、未来の哲学者が認められるのである。

一方、自然の果てしない分岐の様相《さま》を追究するなどはまったくの徒労であり、それどころか、なんの成果も結論も得られない危険な企てだと考える者もいる。かれらは言う——「大きさというものはすべて無限大、あるいは無限小へと消失していくものだから、固体の最小の粒子や、最も単純な繊維などはけっして見出せるものではない。諸々の物体や力もまったくこれと同様で、この場合も、新しい種類、新しい関係、新しい現象がつぎつぎと無限に現れ出て、止むことはない。そうしたものが停止して見えるとすれば、それはただ、われわれの精励の気持ちが萎えてしまったせいとばかり、益体《やくたい》もない観察や退屈な計算で貴重な時間を浪費し、あげくの果ては本物の狂気に陥り、身の毛のよだつ深淵のふちで深いめまいに襲われることになるのだ。われわれがどこまでたどっていこうと、自然はつねに戦慄すべき死の碾臼《ひきうす》でありつづける——いたるところ、途方もない激変や、解きほぐせない渦巻く連鎖があり、貪欲の王国、この上なくすさまじい傲慢の王国があり、厄災を孕んだ果てしない広野がある。明るい点はごくまばらで、それらはただ、それだけいっそうおどろおどろしく見える闇夜を照らすにすぎず、かくて、あらゆる種類の恐怖がなべての観察者をおびやかし、ついには感覚を麻痺させてしまうのだ。

この憐れむべき人類のかたわらに、さながら救世主のように寄り添っているのが、死である。なぜなら、死が訪れなければ、最も狂える者が最も幸福だと言えるからだ。まさしくこの巨大な機関《からくり》を解明しようとする人間の努力こそが、すでにして深淵への第一歩であり、めまいの始まりなのだ——いかなる刺激も次第に大きくなっていく渦巻きのようなもので、やがては不幸な人間をすっかり巻き込み、身の毛のよだつ闇夜をぬって引きさらっていくからである。ここには、人間の悟性をおとしいれる巧妙な罠がある。自然はこの悟性を最大の敵と見て、いたるところでこれを抹殺しようとねらっているのだ。いたるところで、恐ろしい雷雲のように人間の平和な住居に覆いかぶさり、いまにも襲いかかろうと待ち伏せているすさまじい危難——この危難に気づかずにいる人間の天真爛漫な無知と無垢こそ幸いなれ。人間が今日までなんとか存《なが》えてきたのは、ただ、自然の諸力同士が相争っていたからだ。だが、それでも人間が、こぞって大いなる共同の決意をかためて、この苦境から、この恐ろしい牢獄から脱け出し、現世での所有物をすすんで放棄することによって、人類をこの苦悩から永遠に解放し、いちだんと幸福な世界へ、なつかしい父のもとへと救い出すあの偉大なる時は、いずれ訪れるだろう。そうなれば、人間は、みずからにふさわしい最期を迎え、避けがたい暴力的な抹殺や、さらに恐ろしいことだが、思考器官を徐々に破壊し、狂気に陥って獣へと退化するのを、未然に防ぐことができるだろう。自然の諸力との交わり、すなわち、動物や、植物や、岩石や、嵐や、波浪との交わりは、必然的に人間をこうしたものと似させずにはおかない。この類似化、すなわち、神的なものや人間的なものを変化させ、溶解して、制御できない力にまでしてしまうのが、この恐ろしく貪欲な力たる自然の霊なのだ——そもそもわれわれが眼にするいっさいは、すでにして天からの略奪品、そのかみの栄華の大いなる廃墟、身の毛のよだつ饗宴の残滓なのではないだろうか。」

「けっこう」と、もっと勇ましい連中は言う。「われわれの種族には、綿密な作戦を立ててじっくりと自然との殲滅戦をやってもらおうではないか。自然をやっつけるには、じわじわ効いてくる毒薬を使う必要がある。自然研究者よ、同胞を救うためには、ぱっくりと口を開けた深淵にもあえて飛び込む気高き英雄たれ⑯。芸術家よ、きみたちはすでに自然に対し密《ひそ》やかな一撃を幾度となく加えてきたが、これからもひたすら攻撃をつづけ、隠された糸を繰って、自然をして自らに欲情の眼を向けさせよ。火を吐く雄牛をなだめたように、自然を自在に御するためには、例の同士討ち⑰を利用せよ。

自然をしてきみたち芸術家に臣従させよ。忍耐と信念こそ人の子らにふさわしい。遠く離れた同胞《はらから》がひとつの目的のためにわれわれと結び合い、回転する星辰もわれわれの生の紡ぎ車となるだろう。そしてそのときわれわれは、わが奴隷どもを使って新しい神仙境《ジンニスタン》(18)をうち立てることができるのだ。勝利の美酒に酔い痴れて、自然の荒廃と混乱のさまを眺めよう。自然をしてわれわれに身売りさせ、その暴威には、ひとつひとつ重い贖いをさせてやろうではないか。われわれのほうは、熱狂的な自由の感情のう

(16)　前三六二年、ローマを救うために、フォルム・ロマヌムの大地の割れ目に飛び込んだと言われるマルクス・クルティウスを暗に指す。「ローマを救うためには、ローマ最良のものを犠牲として差し出せ」という神託が下ったが、クルティウスはこれを戦士の勇敢さを示すことと解釈し、愛馬とともにこの割れ目に飛び込み、大地の割れ目は閉じられた。

(17)　金毛羊皮を取りもどすために、イアソン麾下《きか》の勇士がアルゴー号に乗船し、コルキスへ航海したという「アルゴー号伝説」を暗に示している。イアソンはその際、二つの課題をはたさなければならなかったが、そのひとつが、石だらけの畑に火を吐く雄牛で鋤を入れ、畝に竜の歯を播くことだった。竜の歯を播くと、そこから武装した戦士が飛び出してきたが、これを退治するためにイアソンは戦士たちのあいだに石を投げつけた。すると戦士たちは同士討ちを始め、互いに打ち殺しあった。

(18)　ジンニスタンは、アラビアのメルヒェンにおける精霊と妖精の世界。ノヴァーリスはこれをヴィーラントの『ジンニスタン――妖精と精霊のメルヒェン選集』(一七八六―八九)から得ている。『青い花』に挿入されているいわゆる「クリングゾールのメルヒェン」ではジンニスタンは空想の擬人化となっている。

ちに生き死にさせてもらおう。ここに迸《ほとばし》りでる流れは、ある日、自然の上にみなぎり溢れ、これを平定するだろう。われわれはこの流れに沐浴し、新たな勇気を得て英雄的行為をなそう。自然という怪物の暴威もここまではおよびはしない。自然の力を永遠に萎えさせ、その暴虐を抑えこむには、一滴の自由があれば十分なのだ。」

「そのとおり」と何人かの者が言う。「われわれを守る護符《ターリスマン》(19)はこれをおいてほかにはない。われわれは自由の泉の畔に坐ってうかがおうではないか――この泉は、なべての被造物が曇りなくはっきりとおのが姿を映し出す大いなる霊鏡であって、このなかには、森羅万象の映像やかそけき精霊が沐浴し、すべての部屋の扉が開いているのが見える。なにを苦労して、眼に見える事物で澱んだ世界をうろつきまわる必要があろうか。もっと澄んだ世界が、まさしくわれわれの心のなかに、この泉のなかにあるのだ。ここでなら、あの混乱・紛糾せる壮大な演劇の、その真の意味も開示されるのだ。この泉の光景をじっくり見極めてから自然のなかに足を踏み入れれば、すべてがわれわれの熟知するところとなり、いかなる姿のものであれ、確実にこれが判別できるようになる。前もって長い時間をかけて探求する必要はなくなり、ちょっと比較するだけ、それどころか、砂にわずかな線を描いただけでも、ことを了解するには十分となる。かくてわれわれが見るところ、いっさいは、われわれの手に解読の鍵がゆだねられている一冊の大いなる書物となるのだ。われわれにはあらかじめこの大きな時計仕掛けの歩みがわかっているので、予期せずして生起するものはなにひとつない。感官のすべてをあげて自然を享受するのは、もっぱらわれわれだけだが、それというのも、われわれは、自然のせいで分別をなくしたり、幻覚に脅かされたりということもなく、明晰な思慮分別のおかげで確信をもち、沈着でいられるからなのだ。」

こう語る者たちにむかって、「ほかの人たちが言っているのは妄言ですよね」と、ひとりの生まじめな男が口を開く。「あの人たちは自然のなかに自分自身の忠実な模像を認めないのでしょうか。粗野な無分別のせいで身を滅ぼしていくのは自分たち自身なのです。あの人たちは、自分たちの言う自然が、思考のお遊びだとか、夢の世界の放埒な空想《ファンタジー》だとかいうことに気づいていないのです。[20]たしかに、かれらにとって自然は恐るべき猛獣であり、自分たちの欲望の妖しく奇怪な仮面であるでしょう。しかし、醒めた人間なら、自分の放恣な想像力の落とし子を見ても戦慄を覚えたりはし

(19) アラビア語の「ティラスムム」に由来する身につける小さな護符で、これを身につけた者は、他人から強制を受けず自由でいられるとされる。とくにここでは、人間の本来的自由を表わすものとして、フィヒテの自由への熱狂の反映も見られる。

(20) この部分はフィヒテの自我の哲学に対するヤコービ(一七四三―一八一九)の批判の再現となっている。

ません。それが自分の弱さが生み出す実体のない幽霊だということがわかっているからです。醒めた人間は、自分が世界の主《あるじ》だと感じています。そしてかれの自我は、この深淵の上で力強く羽ばたき、(21)永遠にこの無限の変転の上をいや高く浮遊するでしょう。かれの内なる心は調和を告げ知らせ、これをひろめようと努めます。この醒めた人は、自分自身や、身のまわりの自分の創造物と無限にどんどん一体化していき、一歩ごとに、おのが自我の砦たる高い倫理的世界秩序の、その不壊の万能の作用力が、いよいよあらたかに示現するのを見るでしょう。世界の真意は理性です——理性のためにこそ、世界は存在するのです。世界は、いましも、ほころびかけた幼い理性の戦場となったばかりだとしても、いつかは、理性の活動を映す神々しい鏡像となり、真の教会の舞台となるでしょう。その時が来るまで、人間は世界を、自分とともに数えきれぬ階梯をたどって醇化されていく自己の心情の象徴として、尊崇しなければなりません。だから、自然を知りたいと思うなら、自分の道徳器官を鍛え、心の気高い核心にふさわしくふるまい、陶冶にはげまなければなりません。その暁には、自然もやすやすとみずからを開示するでしょう。道徳的行為とは、多彩きわまりない現象のすべての謎が解けるのを目ざすあの偉大にして唯一の試行の謂なのです。これを理解し、厳密な思考をたどってこれを分析できる者が、永遠不滅の自然の達人と言えるのです。」

さきほどの弟子は、交錯するさまざまの声を聞いて心が落ち着かない。だれもがもっともなことを言っているように思えて、内心、奇妙な戸惑いをおぼえているのだ。だが、次第に心の乱れはおさまっていき、ぶつかりあっては砕け散る暗い波濤の上に、平和の精霊が漂い昇ってくる気配である。若者の魂のなかに生じた新たな勇気と、あたりを見はるかすような晴朗さのなかに、それはうかがい知れた。

と、そこへ、薔薇と昼顔の花を鬢《びん》にさしたひとりの元気のよい仲間(22)が飛んできて、若者が物思いにふけっているのを見た。「思案屋さん！」とかれは叫んだ。「きみはまったく見当違いの道を行ってるんだ。そんなことでは大きな進歩は望めないね。いちばん肝心なのはいつだって陽気な気分ってもんさ。いったいそんな有様が自然の気分だとでもいうのかい。きみはまだ若いんだ。身体中に青春の血潮を感じないのかい。愛や憧れが、きみの胸をいっぱいにしてはいないのかい。いったいどうしてひとりぼ

(21)　ノヴァーリスの「フィヒテ研究」[555]に、「自由であることが、自我の傾向である——自由でいられる能力が、創造的想像力である——この創造的想像力の活動の——対立物のあいだの——浮遊の——条件が、調和である」とある。
(22)　詩と演劇の神ともされる酒神ディオニュソスを暗示している。

っちで坐っていられるんだ。自然がひとりぼっちで坐っているかい。孤独な者のところからは喜びも熱い願いも一目散さ――そして、熱い願いがなければ、きみにとって自然も何の役に立つというのだ。百千《ももち》のあざやかな色彩《いろどり》できみの感官に押し入ってくる自然の霊、姿の見えない愛人のようにきみを抱擁するこの霊は、人間たちの間にだけ住まっている。人間たちの宴の席についてこそ、自然の霊の舌もほぐれ、上座に坐っていとも愉《たの》しげな生の歌をうたいはじめるのだ。きみは、かわいそうに、まだ愛を知らない。初めての接吻で新しい世界が開き、きみの恍惚とした心に、生命《いのち》が幾すじもの光となって流れ込んでくるのさ。

きみにひとつメルヒェンを語ってあげよう。まあ聞いてごらんよ――

〔ヒヤシンスと花薔薇のメルヒェン〕

昔々、はるか西の方《かた》に、ひとりの初々しい若者が住んでいました。この若者、気立てはたいそうよかったのですが、並みはずれて風変わりなところがありました。たえず詮なくあれこれと思いわずらい、いつもひとりそっと出かけていっては、ほかのみんなが楽しげに遊んでいるときも、ひとりぼっちで腰をおろし、あれこれ風変わりな事柄に思いふけっていたのです。洞窟やら森がいちばんお気に入りの居場所で、そんなときにはいつも、獣や鳥、木や岩たちととめどなくおしゃべりをするのですが、もちろんまともな言葉ではなくて、大笑いしたくなるほどまったくばかげたよしなしごとでした。栗鼠《りす》や、尾長猿や、鸚鵡《おうむ》や、鷽《うそ》が、若者の気を晴らしてまっとうな道に戻してやろうといくらがんばってみても、若者は、相も変わらず気むずかしく、しかつめらしい顔をしているばかりでした。鵞鳥はガアガアとおとぎ話を語って聞かせ、その合間をぬって小川はさらさらバラードをかき鳴らし、大きなぼってりした岩はおどけて馬跳びをしてみせ、薔薇は若者の背後からやさしく忍びよって巻き毛にからみつき、常春藤《きづた》は憂いに満ちた額をくすぐりました。それでも若者の気むずかしさと生まじめさはいっこうに変わりませんでした。

両親はひどく心を痛めましたが、どうしたらよいかわからずにおりました。身体の具合が悪いわけでもなく、食事もちゃんととったし、両親とても、けっしてかれの気に障るようなことをしたわけではありません。かれだとて、ほんの二、三年前までは、だれにも負けないほど朗らかで陽気だったのです——どんな遊びでも先頭に立ち、娘たちのだれからも好かれていたのです。かれは、まるで絵に描いたようなたいそう美しい若者で、ダンスをすれば輝くばかりに見事でした。娘たちのなかにひとり、絵のように美しいとびっきりの女の子がいました。蠟のように色白で、髪は金色の絹糸さながら、唇は桜桃のように赤く、体つきはまるでお人形のよう、そして瞳は漆黒でした。この女の子を見ると死んでしまいたいほどの気持ちになる――それほど可愛らしかったのです。

その頃、花薔薇（この女の子はそう呼ばれていました）は、絵のように美しいヒヤシンス(23)（若者はそう呼ばれていました）が心底好きで、若者も少女が死ぬほど好きでした。このことは、ほかの子供たちは知りませんでした。子供たちに真っ先に知らせたのは菫の花でしたが、飼い猫たちも、ふたりの両親の家が隣り合っていたので、たぶんわかっていたでしょう。夜分、ヒヤシンスと花薔薇が、それぞれに自分の部屋の窓辺に立っているときなど、鼠を捕まえに出た猫たちがそこを走りぬけ、ふたりが立っているのを見ると、声をあげて笑ったり、忍び笑いをしたりしましたが、ときにはひどく聞こえよがしにやったので、ふたりはこれを聞いて腹を立てるのでした。菫の花はこの話をこっそりと苺に告げ、苺は友だちのスグリに話しました。すると棘のあるスグリは、ヒヤシンスがやってくるとチクチクからかわずにはいられませんでした。そんなわけで、まもなく庭じゅう、森じゅうがこれを知ってしまい、ヒヤシンスが出かけるたびに、きまってまわりじゅうから「花薔薇ちゃんはぼくのかわいい恋人よ！」とはやし立てられました。そこでヒヤシンスは憤慨するのですが、小さな蜥蜴《とかげ》がするするとやってきて温まった石の上にすわり、ちっちゃな尻尾をふりふり歌をうたうと、すぐにまた心の底から笑わずにはいられませんでした――

花薔薇ちゃんは、良い子ちゃん
ふいにお目々が見えなくなって
かあさまとヒヤシンスをまちがえて
さっとお首にしがみつく――
ちがうお顔と気づいても
おやまあ、すこしもあわてずに
なにも聞こえぬふりをして
いつまでもキスしています

(23) ギリシア神話でヒュアキントス。ヒュアキントスは、アポロンの寵愛する童子であるが、アポロンが円盤を投げると、嫉妬深い西風ゼフュロスのせいでそれがヒュアキントスに当たった。ヒュアキントスは死に、悲しんだアポロンはその流された血からヒヤシンスの花を咲かせた。ヒヤシンスは古代では「輝く赤い色」の百合の形の花とされる。スリランカとミャンマーには、ヒヤシンスと呼ばれる赤褐色の準宝石がある。また、A・G・ヴェルナーの地質学ではヒヤシンスを「深紅の鉱物」と記載している。神秘の赤い宝石カルフンケル(注(46)参照)との関係もあるか。

ああ、この素晴らしい日々は、なんとあっけなく過ぎ去ってしまったことでしょう！

ひとりの男が異郷からやってきたのです。驚くほどはるばると旅してきた人で、長いひげに落ちくぼんだ眼、恐ろしげな眉をしており、襞がたくさんあって不思議な模様が織り込んである風変わりな衣をまとっていました。男は、ヒヤシンスの両親の家の前に腰をおろしました。それからヒヤシンスはひどく好奇心をそそられ、男のかたわらに坐りました。ヒヤシンスがパンと葡萄酒をもってくると、老人は白いひげをしごきながら夜のふけるまであれこれと話をしてくれました。ヒヤシンスは身じろぎもせず、飽くことなく耳を傾けておりました。あとで聞いたところでは、こうして老人は、異国や見知らぬ土地のことや、驚くほど不思議な事柄をあれこれと語り、三日の間ここにとどまって、それからヒヤシンスをつれて深い立坑に降りていったということでした。花薔薇は、この魔法使いの老人がいまいましくてなりませんでした。というのもヒヤシンスは、老人の話にすっかり心を奪われて、ほかのことはなにも気にかけなくなってしまったからなのです——食事さえろくに取らなくなってしまったほどでした。やがてこの老人もとうとう旅立っていきました。老人はヒヤシンスに小さな本[24]を一冊残していきましたが、それはどんな人にも読めない本でした。ヒヤシンスは果物とパンと葡萄酒を老人にもたせてやり、遠くまで送っていきました。それから深い物思いに沈んで戻ってくると、これまでとはうって変わった暮らしぶりを見せはじめました。花薔薇は、ヒヤシンスのことで、それはかわいそうなくらい気をもみました。あれからこの方、ヒヤシンスは花薔薇をかまいつけなくなり、いつもひとりでいるようになってしまったからなのです。

さて、あるとき、ヒヤシンスはまるで生まれ変わったようになって家に帰ってきました。ヒヤシンスは両親の首にとりすがって泣きました。

「ぼくは異国へ旅立たなければなりません」とヒヤシンスは言いました。「森に住む不思議なお婆さんが、ぼくに健康にならなくてはいけないと言って、あの本を火の中に投げ込んでしまったのです。そして両親のところに行って祝福してもらいなさいと急《せ》きたてたのです。もしかしたらじきに戻るかもしれないし、ひょっとしたら二度と帰ってこないかもしれません。花薔薇によろしく伝えてください。できれば会って話がしたかったのですが、どうしたわけか、ただ気ばかりが急《せ》くのです。昔のことを思

（24）自然の書である「大いなる書物」の対極にあるもの。「小さな本」は、真の認識を妨げ、ヒヤシンスが直接的な世界経験の旅へと出立する前に、まずは燃やさなければならない。

い出そうとすると、とたんにもっと強い思いが割り込んできてしまい、安らかな気持ちは失せ、それとともに、心も、愛も、なくなってしまったのです。ぼくはそれを探しに行かなければなりません。どこへ行くのか、お父さんとお母さんには申し上げたかったのですが、自分でもわからないのです。ただ、あの万物の母、あのヴェールを被《かず》いた乙女[25]の住まうところへ行く、とだけは言えます。その乙女を求めてぼくの胸は燃え立っています。では、ごきげんよう。」

ヒヤシンスは身を振りほどくと旅立っていきました。両親は嘆き悲しみ、涙にくれました。花薔薇は自分の部屋に閉じこもってさめざめと泣きました。

さて、ヒヤシンスはいっさんに足を進め、谷を渡り、荒野を抜け、山や川を越え、あの神秘の国を目指しました。かれは行く先ざきで聖なる女神（イシス）[26]のことを訊ねました――人間にも、動物にも、岩にも、木々にも。あるものは笑い、また黙して語らないものも少なくありませんでした。どこへ行っても消息は得られませんでした。はじめのうちは厳しい荒地を通りました。霧や雲が行く手をさえぎり、絶え間なく嵐が吹きすさんでいました。次には目路のかぎりつづく砂漠で、灼熱の砂塵が舞っていました。こうしてさすらっているうちに、ヒヤシンスの内面にも変化が生じてきました。時の経つのが次第にゆるやかに感じられ、胸のなかの焦燥もおさまって、以前より穏やかな気持ちになり、激しい内心の衝迫も、だんだんと、静かながらも根強い憧れに変わり、かれの心はすっかりそのなかへ溶け込んでいきました。内心の衝迫は、長い年月を経たかのように遠ざかりました。

さて、あたりはまた豊かで変化に富んだ景色に変わっていました。空は青くて暖かく、道はずっと平坦になり、緑の茂みは心地よい木陰をつくってヒヤシンスを誘います。けれどもヒヤシンスにはこのものたちの言葉がわからなかったし、かれらも話をしているようには見えませんでした。それでも、緑の色合いやひっそりとした涼気で、かれの心を満たしてくれました。胸のなかのあの甘く切ない憧れはいよいよ高まり、木々の葉はますます闊《ひろ》くなってみずみずしさを増し、鳥や獣はますます高らかに歓声をあげ、果実はいや高く芳香をはなち、空の色はどんどん濃くなり、空気もずっと暖

(25)　エジプト神話の女神イシスを暗に指す。イシスはオシリスの妹にして妻、また、性的結びつきなしに息子ホロスを産む。早い時期から大地母神、自然の女神、技術をもたらす女神、愛の女神など、さまざまな属性が付与され、古代ローマでもおおいに信仰された。またフリーメーソンの儀式にもイシス信仰の残響がある。イシスのヴェールは、プルタルコス『イシスとオシリスについて』によれば、顔を覆うものではなく、薄い外衣である。この紗衣の裾をめくるとは、性的含意があるとされる。処女にして母という点は、ときに聖母マリアの観念と融合される。

(26)　この括弧の補足は、ノヴァーリスの傍注であろう。

かくなりました。ヒヤシンスの愛の想いはいよいよ熱く燃え、時間は、まるで目的地が近いのを知っているかのように、ますますその歩みを早めました。

ある日のこと、ヒヤシンスは、水晶のように澄んだ泉と、一むらの花に出会いました。泉と花たちは、天を衝《つ》くばかりにそびえる黒い柱の間を通って谷間へ流れ下ってきたのです。かれらは、なじみの言葉で親しげにヒヤシンスに挨拶をしました。「これは、同郷のみなさん」とヒヤシンスは言いました。「イシスの聖なる御住居《おすまい》はいったいどこにあるのかしらん。このあたりにあるはずなのですが、もしかしたらあなた方のほうがこの辺はよくご存知ではないかと思いまして。」

「わたしどももここを通りかかっただけなのです」と花たちは答えました。「精霊の御一家が旅に出ましたので、わたしどもが道中とお宿の手はずをととのえて歩いているのです。でも、ついこのあいだ、ある地方を通り過ぎましたとき、その御名を耳にしました。さあ、わたしどもがやってきた方角へ上っていらっしゃい。そうすればきっと、もっと消息が得られるでしょう。」花と泉はそう言って微笑むと、ヒヤシンスにさわやかな飲み水を一掬《いっきく》差し出して、先へと進んでいきました。

ヒヤシンスは助言にしたがい、訊ねたずねて、ついに、長いこと探し求めたあの御住居にたどりつきました。その御住居は、棕櫚やらなにやらの珍しい植物に隠れていました。ヒヤシンスの胸は果てしない憧れに高鳴りました。そしてついに、この永遠の季節の御住居に足を踏み入れると、いとも甘やかな戦慄《おののき》が身内をつらぬきました。うっとりするような芳香につつまれてヒヤシンスはまどろみました——至聖なるもののもとへと導いてくれるのは、夢だけなものですから。妙なる音色が響き、つぎつぎと和音が転調していくなかを、夢は不思議な仕方でヒヤシンスを導き、珍しい物のあふれるいくつもの部屋を通りぬけていきました。ヒヤシンスには、なにもかもがとてもなじみのようであり、それでいて見たこともないような壮麗さにつつまれているように見えました。と、そのとき、最後の地上的な名残が虚空に飲み込まれるようにかき消えたかと思うと、かれは天なる乙女の前に立っていました。輝く紗のヴェールをかかげると、花薔薇がヒヤシンスの腕のなかに身を投げかけてきました。(27) 彼方から楽の音が響きわたり、愛する者同士の再会の神秘と、憧れを吐露する声をつつみこんで、この恍惚たる場から、よそよそしいもののことごとくを閉め出してしまいました。

ヒヤシンスはこののち、喜びあふれる両親と仲間にかこまれて、花薔薇とともにい

(27) 愛する乙女との再会という結末は、補遺の二行詩では「自己自身を見た」となっている。この二行詩はメルヒェンより先に書かれており、フィヒテ的な自我哲学の表出であったが、このメルヒェンでは愛の力が強調される。

く久しく暮らし、数えきれぬほどたくさんの子孫が――というのもその頃は、ひとは望むだけの数の子供をもうけることができたからなのですが――あの不思議なお婆さんの助言と、本を焼いたあの火に感謝することになりました。――

ふたりの弟子は、たがいに抱きあうとそこを出ていった。木霊《こだま》がなおも響いているいくつもの広間は、人影もなく明るかった。これらの広間に集められ、さまざまに分類されて陳列された幾千種類の自然物のあいだでは、無数の言葉で、不思議な会話がつづけられていた。自然物にひそむ内的な力が相互に作用しあっていたのである。物たちは、自分たちが自由だった昔の状態になんとかして戻ろうともがいていた。自分本来の場に立って、周囲の雑多な騒動を落ち着いて眺めているものも少しはいたが、残りは、言語に絶する苦悩と苦痛に呻吟しつつ、自然の懐に抱かれていた在りし日の輝かしい生を惜しんで嘆いていた。あの頃は物たちも、共同の自由によってひとつに結ばれ、おのおのが、必要なものはたくまずして手に入れていたのである。

「ああ、人間に」と物たちは言った、「自然の内なる音楽を理解し、外なる調和《ハーモニー》を感じとるための感官がそなわっていればいいのに！　なのに人間ときたら、われわれと人間がともにひとつの全体をなすもので、どちらも他方なしには存続しえないということにあまり気づいていないのだから。人間はなにひとつそのまま放っておくことができず、暴君のようにわれわれを切り離し、やたら引っ掻きまわしては調和を乱すばかりだ。もし人間が、みずからいみじくも名づけたあの往古の黄金時代のように、われわれと親しく交わり、われわれの大いなる盟約に加わるなら、どんなにか幸福になれるだろうに。あの頃は、人間はわれわれを理解し、われわれも人間を理解していた。なのに、神にならんとする人間の野望が、人間をわれわれから引き離してしまい、われわれの知りもしなければ予想もできないことを求め、爾来《じらい》人間は、もはやわれわれと声を唱和させ、行動をともにするものではなくなってしまった。人間はおそらく、われわれのなかに無尽蔵の快楽と終わりなき享楽を予感し、そのために、われわれのうちでも二、三のものにだけ、あんなに奇妙な愛情を示すのだろう。黄金の魔力や、色彩の神秘、水の歓喜といったものは人間にもなじみがなくはないし、古代芸術を見ては、石の不思議な力を予感しもする。だが、自然の織りなす業《わざ》に対する甘やかな情熱や、われわれ自然物のめくるめく秘法を見る眼は、いまだに欠けている。いったい人間は、感じ取ることをいつかは学ぶのだろうか。この天上的な感官、あらゆる感官のうちでも最も自然なこの感官を、人間はまだほとんど知らないのだ――感情を通してこそ、あの待望久しい昔日の時代も帰ってこようものを。感情の元素とは内的な光なのだが、その内的な光は屈折して、より美しく、より強烈な色彩となる。そうなれば、人間の心の内に星が輝き出て、いま自分の眼が見ている境界や地平を越えて、もっとありありと、もっと多彩に、まったき世界を感じることができるだろう。人間は終わりのない遊戯の達人となり、自らを肥やしつつ、たえず増大していく永遠の享楽に浸って、愚かしい努力などはことごとく忘れてしまうだろう。思考とは畢竟、感情の見る夢、死滅せる感情、蒼ざめた虚弱な生にすぎないのだ。」

物たちがこんな風に話しあっていると、高窓から日が射し込み、会話のざわめきは、ものやわらかなさざめきとなって消えていった――形あるもののことごとくが果てしない予感にひたされ、なんともいえず心地よい温かさがすべてを覆ってひろがり、いとも妙なる自然の歌声が、底知れぬ深い静けさのなかから湧き上がってきた。

と、近くで人の声がして、庭園に通じる大きな扉が左右に開いたかと思うと、数人の旅人が入ってきて、幅広い階段の建物の陰となったところに腰を下ろした。かれらの眼前には、美しい日の光に照らされてうっとりするような風景がひろがり、目路の果ては青い山並みに消えていく。子供たちが愛想よく食べ物や飲み物をあれこれと運んできて、ほどなくかれらの間で活発な会話がはじまった。

「人間は自分の為すいっさいの事柄に対して、注意力を集中する、(28)つまり自我をふりむける必要がありますね」と、しまいにひとりの者が口を開いた。「そのようにすれば、じきに人間の内部には、ある不思議な仕方で、思考というか、ある新しい種類の知覚が生じてきます。それは、絵筆や石筆が見せる微妙な動きとか、変幻自在の液体が、不思議に凝集したり形をなしたりするようなもの、としか言えないものなのですが。そうした知覚は、その人間が印象をしっかり刻みつけた点から勢いよく四方にひろがっていき、かれの自我をも引き連れていきます。けれども、注意力をまた弛緩させ、勝手気ままに散漫にしておくと、往々にして、この遊戯はすぐにまた駄目になってしまうおそれがあります。というのも、この新たな知覚は、かの自我が、あのしなやかな媒質(29)のなかで四方に放散する光線とその作用、あるいはその媒質のなかでの自我の屈折、つまり、そもそもこの媒質の海に立つ波と堅固な注意力との不思議な戯れにほかならない、と思われるからなのですが。なによりも注目すべきは、人間がこ

(28) ノヴァーリスは、「注意力は天才の母である」(「断章と研究　一七九八年」[78])などと言って、認識における注意力の重要性をくり返し強調している。

(29) 無制約に、万能の力をもって延びひろがっていくものとしての思索すること、さらには詩作することを指す。

の遊戯(30)において はじめて、自己の特質、自己に固有の自由というものを真に自覚し、あたかも深い眠りから覚めたかのように、あるいは、今はじめて世界が我が家となったかのように思う、そして、このときはじめて、昼の光がかれの内なる世界の上にあまねくひろがったかのように感じる、ということなのです。この遊戯を阻害せずに、通常どおり五官を働かせ、感じることと考えることが同時にできるようになったならば、人間は最高度まで到達したと思うでしょう。これによって二つながらの知覚は強まる――外界は透明になり、内界は多様で意味深いものとなるのです。そうなると人間は、外界と内界の中間のいとも溌剌たる状態に身をおき、この上なく完全な自由と、この上なく喜ばしい力の充溢を感じるのです。人間がこの状態を永遠のものとし、これを自分が受ける印象のすべてに行きわたらせようと努めるのも、また、内外二つの世界のこうした相互連関を追究し、その法則や、相互の共感や反撥の様相《さま》を探って飽くことを知らないのも、けだし当然でしょう。

われわれに触れてくるものの総体を、ひとは自然と呼びます。そうすると自然は、われわれが感官と呼ぶところのわれわれの身体の部分と直接の関係をもっていることになります。われわれの身体の未知にして神秘なありようは、自然の未知にして神秘なありようを推測させます。だとすれば、自然とは、われわれが自分の身体を通じて導き入れられるあの不思議な共同体ということになり、われわれは、自分の身体の仕組みや能力に照らして、この共同体を知ることができるのです。問われるべきは、諸々の自然の本性を、身体という特殊な自然を通して、われわれがほんとうに把握できるようになるのかどうか、また、われわれの思考や注意力の強度は、どの程度までこの特殊な自然によって規定されるのか、あるいは逆にこちらが規定するのか、またこれによって、どの程度まで自然から離れてしまうのか、ひょっとしたら、自然のやさしく従順な態度を損ねてしまうのか、ということでしょう。こうした問いに答え、事物の本性に迫りたいと望むならば、あらゆる事物に先立って、まず、われわれの身体の内的状態や仕組みを究明しなければならないのはあきらかです。とはいえ一方、われわれの身体の内的状態について探りをいれ、その知見を自然理解に適用できるよ

(30)　シラーの『人間の美的教育について』(一七九五)の第十五書簡における「遊戯」の概念への関連が考えられる。シラーにとっても「遊戯」もしくは「遊戯活動」は、人間の本質にかかわる規定を含む——「人間は、語のまったき意味において人間であるかぎりでのみ、遊戯をするのであり、遊戯をするかぎりでのみ、人間はまったき人間なのである。」だがシラーは、この遊戯の範囲を美的なものに限定している——「人間は美に対しては、もっぱら戯れるのみであるべきであり、もっぱら美とのみ戯れるべきである。」これに対し、ノヴァーリスが遊戯と言うときは、「言葉の遊戯」(「独白」)や「思考の遊戯」(『サイスの弟子たち』)をも指す。

うにするためには、そもそもまず、さまざまな思考訓練をしておく必要がある、とも考えられます。もちろんこの訓練では、考えられるかぎりのあらゆる思考運動を導出し、この思考運動に習熟するとともに、つぎつぎと思考運動を展開して、それらを種々さまざまに結合したり解体したりする敏活さを体得することほどに、理にかなったことはないでしょう。そのためには、あらゆる印象を注意深く観察し、これによって生じる思考の遊戯にも同じく厳密に注意をはらい、さらに、そこから新しい思考が生じるならば、これもまた注意深く見ていく必要があるでしょう。こうして、徐々に思考のメカニズムを会得し、何度もそれをくり返しながら、どの印象にも必ず結びついている思考運動を他のものと区別し、これを保持しておくことを学んでいくのです。そのとき、もし、若干の思考運動を、自然の文字として取り出すことができたならば、かの暗号解読も次第にたやすく行われるようになるでしょうし、また、意のままに思考を生み出して運動させることができれば、観察者は、先行する実際の印象がなくても、自然についての観念を生み出し、自然の構図を描き出すことができるようになるわけで、そうなれば、最終目的は達成されたということになるはずです。」

「ずいぶんと大胆な話だと思うよ」と別のひとりが言った。「そうやって外的な諸力や自然現象から自然を組み立てようとしたり、自然を、あるときは巨大な火だと言い、あるときは見事に作られた球体だと言い、またあるときは二元のものだとか三元のものだとか、あるいは、なにかもっと別の特異な力だなどと言うのは。いっそ自然とは、かぎりなく雑多な存在物の不可解な合一の産物であるとか、霊の世界を結ぶ見事な紐帯《ちゅうたい》であるとか、無数の世界が結合し、接触する点であるとか考えるほうが、まだましだろう。」

「大胆でけっこうじゃないか」と第三の者が言った。「大胆な漁夫の打つ網は、無作為に編んであればあるほど漁に恵まれるものだ。誰しもができるかぎり遠くまで自分の道を歩めるよう勇気づけてやろうではないか。新しい空想の網を打って事物をからめとる者は、誰でも大歓迎さ。きみは、これがまさに見事に完成した体系となって、この諸々の体系から、将来の自然地理学者が大自然地図を作成するためのデータを取り出すだろうとは思わないか。かれは諸々の体系を比較検討するだろうが、この比較によってわれわれは、はじめてこの不思議な国土について知らされるのだ。とはいえ、自然認識と自然解釈のあいだには、まだ天と地ほどの懸隔があることだろう。真の暗

(31) ここではコペルニクス的世界像を暗に指すと考えられる。
(32) ノヴァーリスの「対話」「その五」には、「仮説とは、網打つ者だけが獲物を得られる投網なり。／アメリカも、仮説によって発見されたのではなかったか」という二行詩がある。

号解読者なら、もしかすると、いくつかの自然力を同時に働かせ、見事にして有益な諸々の現象を生じさせるまでになるかもしれない。こういう者は、大きな楽器を操るようにして自然を操って即興演奏をやってのけることもできようが、それでも、自然を理解するということにはなるまい。自然を理解するというのは、自然史家(33)に与えられた才能なのだ。自然史家とは、自然の歴史に通暁し、自然史の一段高い舞台たる世界を熟知して、その意味を悟り、予言的にこれを告知するいわば時代の予言者である。この領域は、いまだ知られざる分野、聖なる分野だ。神に遣わされた者だけが、この至高の学問について断片的な言葉を洩らしてきたわけだが、ただ解せないのは、予感に満ちた精神の持ち主さえこの予感的な言葉を見逃してしまい、自然を、過去も未来ももたない単調な機械におとしめてしまったことだ。およそ神的なものは、みな、ひとつの歴史をもつが、自然、すなわち、人間が自分と比較対照することのできるこの唯一の全体者が、人間と同じように歴史過程のなかにないはずがあろうか。あるいは、同じことだが、精神をもたないはずがあろうか。もし精神をもたなければ、自然は自然でなく、人間を映し出すあの唯一の鏡像でもなく、この謎に満ちた問いに対する必須の解答でもなく、また、この無限の解答に対する問いでもなくなるだろう。」

「自然が人間にとってなにでありうるかは、もっぱら詩人だけが感じとってきたのです」と、ひとりの美しい若者が語りはじめた。「この場合も、詩人たちについては、こう言っていいでしょう。つまり、人間性は、詩人たちのうちに最も完全に溶け込んでおり、そのためどんな印象も、詩人の鏡のような明澄さと敏活さによって、無限に変化しながら、純粋に、あらゆる方向に移植されていくのだと。詩人は、自然のなかにあらゆるものを見出します。自然の魂も、詩人にだけはいまだよそよそしい素振りは見せません。だから詩人は、自然と交わってあの黄金時代のあらゆる至福を求めても、甲斐なく終わるということがないのです。自然は、詩人に対して一なる無限の心情(34)が示すあらゆる変化《へんげ》の姿を見せ、どんなに才気煥発で表現力豊かな人間にもまして、自然は、含蓄に富んだ表現や思いつき、さまざまに遭遇しては離反する姿、壮大な着想や綺想でもって、詩人たちを驚かせるのです。自然の想像力《ファンタジー》の汲めどもつきぬ豊かさは、自然との交わりを求める者にむなしい思いをさせません。自然は、万物に美しい装いをさせ、命を吹き込み、これをよしとすることができるのであって、たとえ

(33)　字義的には自然の発展に関する学問にたずさわる人であるが、当時は、今で言う博物学者を指した。ノヴァーリスは「フライベルク自然研究」において、空間的に分類して自然物を記述するという現代的意味での「博物学者」像を離れ、その非歴史的アプローチを批判する形で、「自然の歴史性」を強調している。

個々のものは、意識ももたず意味もない機械仕掛け《メカニズム》に支配されているとしか見えなくとも、より深く見透かす眼をもってすれば、個々の偶然の重なりや連続に、人間の心と見事に共感するものが見えてくるのです。

風は、さまざまな外的要因で起こりうる空気の動きですが、憧れに満ちた孤独な心にとっては、なつかしい地方から吹き渡ってきた風がざわざわと通り過ぎ、千々の低く物悲しい響きにのせて、胸に秘めた苦しみを、自然がこぞって漏らす美しい旋律の深い吐息に溶かし込んでくれるように思えるとき、それは、もはやたんなる空気の動きにとどまらないのではないでしょうか。また、恋する若者は、春の草原のうっすらと萌えはじめた若緑のなかに、花開こうとする自分の魂のすべてが、うっとりするほどあからさまに表れ出ているのを感じないでしょうか。また、黄金の葡萄の酒に甘く溶けてしまいたいと願う魂の溢れる思いは、広い葉陰になかば隠れて熟れ輝く葡萄の房の豊かさにもまして、芳醇で鮮烈に思えなかったでしょうか。ひとは詩人が誇張すると言ってなじり、その譬喩的な、尋常ならざる言葉遣いを、いわば大目に見てやっているだけなのです。それどころか、他の人間ならば見も聞きもしない事柄をあれこれと見聞きしては、愛すべき妄想に駆られて現実の世界を思いのままに扱うという詩人のあの奇妙な本性を、深く吟味もせずに、かれらの空想のせいだと断じて満足しているのです。でも、わたしには、詩人はまだまだ誇張が足りないくらいで、ただ漠然とあの譬喩的な言葉の魔力を予感するばかりで、ちょうど子供が父さんの杖を魔法の杖[35]にして遊ぶように、空想と戯れているにすぎないように思えるのです。どんな力が自分に仕え、どんな世界が自分の意のままになるのか、詩人たちはまだ知らずにいます。石や森が音楽に耳を傾け[36]、それによって馴化されて、家畜のように意のままにな

(34)　原語は Gemüth/Gemüt. ラテン語のアニムス(animus〔生命、魂、精神、心〕)およびメンス(mens〔知、心情、意識〕)をドイツ語に翻訳したものであるが、ノヴァーリスでは人間の精神と魂の能力の総体を意味する。また、人間の内部にあるものだけでなく、シェリングの「世界霊」とも関わるような意味で、世界もしくは自然の奥処にあって、これを統一している根本原理も「世界の心情」と呼ばれる。「断章と研究　一七九九／一八〇〇年」〔577〕には「世界は結局、心情になるのではないか」とあり、『青い花』の冒頭の献詞には「あなたは広大な世界の心情を深く覗かんとする／気高い衝動を我がうちに呼び覚ました」とある。

(35)　魔法使いの道具のほかに、鉱脈や水脈を地表から探索するための二股の木の枝(die Wünschelrute)をもイメージしている。不可視のものを探り出すという点で、詩の力を象徴するものとして使われる。

(36)　ノヴァーリスは、ギリシアの伝説にうたわれる三人の詩人、すなわち、歌の力で石を動かしてテーバイの城壁を作ったと言われるゼウスの息子のアムピオン、歌と琴で獣を手なずけ、草木や岩石を感動させたというオルフェウス、その歌と琴に誘われた海豚によって、溺れ死ぬところを救われ、岸辺まで運んでもらったアリオンなどの伝説を知っており、これらのイメージをあわせて「詩人の原型」をうちだしている。

るというのは、いったいほんとうではないとでも？　実際、いちばん美しい花は恋人のために咲き、恋人を飾って喜ぶのではないでしょうか。恋人のためにこそ空は晴れ、海は凪ぐのではないでしょうか。――顔つきや身振りや脈拍や顔色がその人を示すように、全自然は、われわれが人間と名づけている驚嘆すべき高次の存在のひとつひとつのありようを表わしてはいないでしょうか。岩は、まさしくわたしが話しかければ、特別の「汝《あなた》」にならないでしょうか。また、わたしが物悲しい心で川波をのぞき、そのよどみない流れに百千《ももち》の思いが没し去るとき、わたしは川以外のなにものでしょうか。楽しみを知る物静かな心だけが植物の世界を理解し、快活な子供や野性人だけが動物を理解するでしょう。――石や星辰を理解していた人がすでにいたかどうかわたしにはわかりませんが、もしいたとすれば、きっと崇高な人であったにちがいない。あの失われた人類の栄光の時代の遺物である石像には、いとも深い精神性というか、石の世界に対するいとも不思議な理解が輝き出ていますが、それは、感受性に富む観察者を石の表皮で覆い、次第に内部へと生長していくようにみえます。崇高なるものには石化する(37)作用があります。そのせいでわれわれは、自然の崇高さやその作用に驚嘆できなかったり、どこにそれを求めたらいいかわからずにいたりするのかもしれません。もしや自然は、神の顔《かんばせ》を見て石と化したのではないでしょうか。それとも人間の到来に恐懼してのことだったでしょうか。」

この話を聞いて、最初の語り手は深く考え込んでしまっていた。彼方の山並みは五彩に染まり、あたりはうっとりするほどやさしく暮れなずんでいった。長い沈黙のあとでかれがこう語りだすのが聞こえた。

「自然を把握するには、われわれの内面に、すっかり順序だてて自然を生成させねばなりません。これをやってのけるためには、われわれとひとしい存在に対する敬虔な憧れと、その声を聞き取るのに必要な条件にひたすら従うしかないのです――というのも、自然の全体は、まったくのところ、理性的存在者の了解のための道具か媒介物としてしか、とらえることができないからなのです。思考する人間は、人間の現存在の根本的機能である創造的観察へ、すなわち、創ることと知ることとが最も見事に(38)

(37)　ノヴァーリスの書いたもののなかに「石化した自然」というイメージは多出する。「自然とは石化した魔法の都である」(「断章と研究　一七九九／一八〇〇年」〔65〕)、「世界の身体とは、石化ではないだろうか？　もしかしたら天使の」(同〔250〕)、また『青い花』第九章の「クリングゾールのメルヒエン」も石化のイメージに彩られる。

(38)　こういう認識の方法については、「ヘムステルホイス研究」〔10〕の「われわれは、創るかぎりにおいてのみ知る」、および「カント研究」〔13〕の「われわれはそれを現実化するかぎりにおいてのみ、それを認識する」などがある。

結びついていたあの地点へ、そう、本来の享受としての内的な自己懐胎たるあの創造的瞬間へと、立ち戻っていくのです。さて、かれがこうした原現象の観照にすっかり没入すると、新たに生じてくる時空のなかで、自然の発生史が、壮大な劇のように眼前に繰りひろげられていきます。その果てしない液体のなかに沈殿してできる凝固点は、どれも、この思索家にとっては、愛の守護霊の新たな啓示、「汝《あなた》」と「我《わたし》」との新たな紐帯となるのです。こうして、内面に展開する世界史を丹念に記述していくことが、真の自然論なのです。つまり、思索家の思考世界の内的脈絡を通じ、またその思考世界と宇宙との調和によって、ある思考体系がおのずと発生し、宇宙の忠実な写し絵、雛型となる、ということなのです。しかしながら、静謐な観照とか、創造的な世界観察とかいっても、至難の業《わざ》であって、それを遂行するには、間断ない真剣な省察と、きびしい冷徹さが要求されるのですが、その報酬といっては、骨惜しみする同時代人の喝采が得られるわけもなく、ただ、知ることと〔創ること〕《（ママ）》[39]の喜び、宇宙とのいっそう親密な触れあいに恵まれるにすぎないのです。」

「そうだね」と二番目の語り手が言った。「自然における大いなる同時性ほど注目に値するものはない。自然は、いたるところにまったき姿を現わしている。一本の蠟燭の炎のなかにもありとあらゆる自然の力が働いているが、そのように、自然は、いたるところで不断に自己を示現しては変容し、葉も、花も、実も同時につけさせ、時間のただなかにあって、現在であると同時に過去でもあり、未来でもあるのだ。しかし、いったいどんな独自の仕方で、自然は、遠くからでも同じように働きかけるのかはわからないし、また、この自然体系が、さまざまな紐帯によって、つまり、光や、引力や、諸々の影響力によって、全宇宙と結びついている一個の太陽でしかないのかどうかもわからない――こうした影響力は、まず、われわれの精神にとりわけくっきりと刻まれ、次に、われわれの精神から出て、宇宙の精神をこの自然の上に注ぎかけ、そして、この自然の精神を別の自然体系へと分かち与えていくのだが。」

「もしも思索家が」と三番目の語り手が言った。「当然の成り行きとして、芸術家として実践の道に踏みだし、自分の精神の活動を巧みに用いて、宇宙万有を謎めいた単純な図形《フィグール》に還元しようとするなら、そう、いわば自然を踊ると言うか、そうやって自然の動線を言葉によってなぞり描きするならば、自然を愛する者は、この大胆な企てに讃嘆の声をあげ、人間のこうした天分の展開を喜ぶにちがいないね。芸術家が実践を重んずるのはもっともだが、それは、芸術家の本質が、知と意をもってする行為と

(39)　この部分は原稿では不明瞭で、以前は wachen（覚醒する）と思われていたが、現在は machen（創る）とみなされている。

産出にあるからなのだ。芸術家の技芸《わざ》とは、自分の道具をあらゆるものにあてがい、世界を自分流に写しとる能力にほかならない。だから、芸術家の世界の原理は実践となり、かれの世界はかれの芸術となるのだ。ここでもまた、自然は、新たな壮麗さを帯びて眼に見える姿をとるが、ただ無思慮な人間だけは、この解読困難な、奇妙に錯綜した言葉をあなどって投げ捨ててしまう。自然の祭司は、感謝の念をもって、この新しい崇高な測量術を祭壇に供え、路なき大洋を行く無数の船舶を、過つことなく、人住む岸辺や故国の港へと導き帰らせてくれる磁針とするのである。

ところが、思索家のほかにも、なお、別のタイプの知の友がいるのだね。この種の人間は、思索を通しての産出ということにとくに心惹かれるわけでなく、ゆえにまた、そういう業《わざ》を天職とするわけでもなくて、むしろ自然の教え子となり、教えるよりも学ぶことに、創るよりも体験することに、与えるよりも受け取ることに喜びを見出す。かれらのうち、労苦をいとわぬ者は、自然が遍在し、密なる親和力を有すると信じ、それゆえまた、個々のものはみな、不完全ではあるが連続しているのだと頭から信じて、なにかひとつの現象を慎重にとりあげると、しっかりとした眼で、無数に姿を変える自然の精神をとらえ、その上で、これを導きの糸として、秘密の工房のあらゆる隅々にまで入っていき、ついには、この迷宮のように入り組んだ道の完璧な図面を描くことができるようになる。かれらがこの骨の折れる仕事をなし終えると、いつのまにか、いちだんと高い精神がかれらに乗り移っていて、そうなると、眼前の図面について語ったり、個々の探求者に行くべき道を示してやったりするのも、やすやすとできるようになる。はかりしれないほど役に立つことでかれらの困難な仕事は祝福され、また、かれらの図面の概要は、思索家の体系と驚くほどの一致を見せるはずである。かれらは、はからずも、思索家の抽象的命題に対していわば生きた証拠を提出したことになり、思索家を慰撫することにもなるだろう。

一方、知の友のうちでいちばん無為なる者は、自分が熱烈に崇拝するいちだんと高い人びとが懇切に伝えてくれる事柄から、役に立つ自然知識が得られるものと子供のように待ち望んでいる。この短い人生で、時間や関心を仕事にささげてしまって、愛の奉仕がおろそかになるのがいやなのだ。かれらは、敬虔なふるまいによって、ひたすら愛のみを得よう、愛のみを伝えようと求め、自然の諸力が演ずる壮大な劇には眼もくれず、この力の王国のなかにあって、安らかに自分の運命に身を委ねている。というのも、かれらは、愛するものと固く結ばれているという切なる思いで胸がいっぱいで、自然も、ただこの愛するものの似姿、あるいはその持ち物としてのみ心に触れてくるにすぎないからだ。すでに最良の部分を選びとってしまったこの幸福な魂の持ち主に、なにを知る必要があろうか――かれらは、清らかな愛の炎となって、この地上ではただ寺院の尖塔か、荒波にもまれる船の上にだけ[40]見られるような迸る天上の火の徴《しるし》として、燃えさかっているのだ。この愛に燃える子らは、しばしば至福のさなかに、自然の神秘が織りなす素晴らしい事象を見聞きし、天真爛漫にそれを洩らしてしまうことがある。自然研究家は、この者たちのあとを追い、かれらが無邪気に喜びあふれて落としていった宝物をひとつひとつ拾い集め、感応力のある詩人は、かれらの愛を讃え、詩歌によってこの愛を、この黄金時代の芽生えを、別の時代や別の国土に移植しようと努めるのだ。」

と、瞳をきらめかせた若者が叫んだ――「自然の内奥にひそむ生命が、滔々と心のなかに流れ込むとき、歓喜に胸を躍らせない者があるだろうか！　言葉で言うなら、愛とか悦楽としか名づけようがないあの強烈な感情が、さながらすべてを覆いつくす濃いもやのように心の中に押しひろがり、そうして甘美な不安におののきながら、誘いかけるような自然のほの暗い懐に身を沈め、貧弱な個性などはうち寄せる歓喜の大波に呑みこまれてしまい、あとの大海原にはただ、すべてを呑み尽くす渦潮だけしか、あの無限なる産む力の焦点だけしか、残されていない――そんなとき！　いたるところで燃え上がるこの炎はなんなのだろう。熱い抱擁なんだ――甘い果実が歓喜の雫となってしたたり落ちるあの抱擁なんだ。空気の和合から生まれた初子《ういご》である水は、その悦楽に満ちた出生をいなめずに、自分が愛の元素であり、地上にありながら天上の全能の力と混和した元素であることを身をもって示す。古代の賢者たちが水に万物の根源を求めたのも、まちがいではない。実のところかれらは、海や泉の水よりももっと高尚な水のことを語っていたのだ。この高尚な水のなかに姿を顕わすのは、もっぱら、溶けた金属にも見られるような原水〔本つ海〕だけなのだ。だから、人間は溶けた金属をひたすら神的なものとして崇拝するのかもしれない。そうは言っても、液体の秘密について思いを凝らした者のなんと少なかったことか。おそらく、最高の享楽と生についてのこうした予感が、酔い痴れる魂のなかに兆すという経験をまったくしなかった者もかなりいるだろう。この世界霊[41]、この溶け流れることへの激しい憧憬は、渇仰のなかにこそ顕現する。酔い痴れる者は、液体のこうしたこの世ならぬ歓喜を、十分すぎるほどに感じ取っている。畢竟するに、ぼくらの感じる快感のすべては、ぼ

(40)　いわゆる聖エルモの火を暗に指す。嵐の直前に高い尖塔や船のマストの先端で引き起こされる放電現象であるが、ここでは、溢れ出る天上の火の象徴として、絶対的なものの詩的記号とされる。

(41)　原語は Weltseele。ラテン語の anima mundi（世界霊魂）のドイツ語訳。ノヴァーリスは、これをヘムステルホイス（一七二一—九〇）やフランツ・フォン・バーダー（一七六五—一八四一）から得ているが、その意味内容をシェリングを通してさらに深めた。

くらの内なるあの原水が、さまざまに溶け流れ、揺れ動くことにほかならない。眠りでさえ、あの見えざる大海の満ち潮にほかならず、目覚めは引き潮の始まりなのだ。だが、陶酔を誘う流れの畔にたたずみながら、なんと多くの人間が、この母なる水の子守唄に耳も傾けず、小止みない波の蠱惑的な戯れも楽しまずにいることか！　ぼくらは、この波のように、黄金時代には生きていたのだ。五彩の雲[42]というか、この漂う海、この地上の生あるものの源泉に浸って、何世代にもわたって人間は、尽きることのない戯れのうちに愛しあい、子を産みつづけてきた。天なる子供たちの訪れも受けたが、やがて、聖なる伝説が大洪水と呼ぶあの大事件が起こると、この花と咲く世界は滅んでしまった――ある敵意に満ちた手が大地を打ち砕き、そしてわずかな人間だけが、見知らぬ世界の見たこともない山の断崖に打ち上げられて生き残ったのだ。

液体といういちばん神聖でいちばん魅力的な自然現象が、往々にして、分析をこととする化学者[43]輩のごとき枯れさらばえた人間の手にゆだねられるのは、なんとおかしな話だろう！　自然の創造的な感官を力強く呼び覚ますこの現象、もっぱら愛する者たちの神秘、高次の人類の秘儀であるべき現象が、自分の試験管にどんな奇跡が閉じ込められているかをけっして知ることのない粗雑な精神によって、みだりに意味もなく呼び出されるのだ。液体を相手にすること、燃え立つ青春のさなかにある若者にこの液体について語ることが許されるのは、詩人だけだろう。詩人の手にかかれば、仕事場は神殿となり、人びとはこれまでと違う愛情でその炎と液体とを崇拝し、これを誇りとするだろう。海洋や大河にひたひたと洗われている都市は、あらためて自分をいかばかり幸福かと思うだろうし、泉という泉は愛の隠れ家とも、経験豊かで才気あふれる人びとの宿りともなるだろう。そういうわけで、子供たちも、なににもまして火と水に惹きつけられるのだし、川という川が、虹色の彼方へ、もっと美しい場所へ連れていってあげようと約束するように思えるのだ。空が水の中にあるというのは、たんなる反映ではなくて、やさしい睦みあい、近しさの徴なのだ——満たされぬ衝動が無限の高みに昇っていくとすれば、幸福な愛は、底知れぬ深みへと喜んで身を沈めるのだからね。

そうは言っても、自然について教えたり、説いたりしようとしても、無駄なことだ。生まれつき眼が見えなければ、いくら色や光や遠くのものの形について説明されても、

(42)　雲の神秘さについては、『青い花』第二部の主人公ハインリヒと隠者ジルヴェスターの会話に「雲はひょっとしたら第二の、高次の子供時代の姿、再び見出された楽園の姿なのかもしれません」とある。

(43)　ここでは Chemiker のかわりに、十七世紀頃、実践的な化学者に対しよく使われた Scheidekünstler という語が用いられ、分離・析出する(scheiden)という意味が強調されている。

見ることは学べない。それと同じ話で、自然器官(44)、すなわち、自己の内部に自然を生殖し、産出する道具を持たぬ者は、自然を把握するようにはならないだろう。どこにいてもあらゆるものに自然を認め、これを識別し、生来の生殖欲をもって、あらゆる物体と密接な親和関係をさまざまに結びながら、感覚を媒介としてあらゆる自然物と交じりあい、いわばそれらのなかに感入する——こうしたことがおのずとできぬ者は、自然を把握するようにはならないだろう。これに対し、鍛えぬかれた正しい自然感覚がそなわっている者は、自然を研究しながら自然を楽しみ、自然がかぎりなく多様で、いくら楽しんでも尽きることがないのを喜ぶ。こういう人に対して、余計な言葉でその楽しみの邪魔をする必要はない。それどころか、こういう人は、どんなに親しく自然と交わろうと、どんなに愛情こめて自然について語ろうと、どんなに一心不乱に注意深く自然を観察しようと、まだまだ足りないような気がするのだ。かれは、自然のなかにいると、貞淑な花嫁の胸に抱かれているように感じ、ただこの花嫁にだけ、甘美な睦みあいのひとときに、自分の得た数々の知見をうち明ける。ぼくは、この自然の息子、この自然の寵児を、幸いなるかなと讃えたい。自然はこの愛し子に、父として生殖し、母として産出するという二元性において、また、終わりなく永遠に続く結婚という一元性において、自然を観察するのを許すのだから。この幸せ者の生涯は、ありとあらゆる愉楽に満ちた、うちつづく歓喜の日々となり、その宗教は、正真正銘の自然信仰《ナチュラリスムス》(45)となるだろう。」

こう話をしていると、師が、弟子たちをともなって一座に近づいてきた。旅人たちは立ち上がり、うやうやしくかれに挨拶をした。さわやかな涼気が、ほの暗い並木道のほうから広場や階段の上までひろがってきた。師は、カルフンケル〔紅玉髄〕(46)と呼ばれているあの珍しい光輝く石を持ってこさせた。薄紅色の鮮烈な光が一すじ、居並ぶ人の身体や衣服の上に迸った。まもなく、かれらの間でうちとけた会話がはじまった。遠くのほうから楽の音が響き、玻璃《はり》の盃から涼やかな炎が歓談する者たちの唇に注が

(44)　原語は Naturorgan。ヘムステルホイスの言う「道徳器官(moralisches Organ)」にならってノヴァーリスは、自然を知覚するためにそなわっているとする特殊な器官を「自然器官」と呼ぶ。このような具象化は、G・E・シュタール(一六六〇—一七三四)の『器官論』にもとづくが、そこでは、諸々の器官のなかには、霊魂において予め形を与えられた能力や素質がすでに存在しているとされる。

(45)　原語は Naturalismus。十八世紀においては、今日で言うナチュラリズム(自然主義)とは根本的に異なる意味で用いられた。カントはこれを「聖書なしの教会信仰」と規定(*Werkausgabe* XI, 329)する。シュライアーマッハーはその『宗教講演』(一七九九)で、「私はそれを、個人的な意識や意図によって個々の要素を表象することなく、宇宙を基本的な多様性において直観することと理解する」と述べている。

れて燃えるうちにも、客人たちは、はるばる重ねてきた旅の珍しい思い出を語った。

「わたしどもは、あの姿を消した最古の民(47)の跡を捜し求めて、憧れと知識欲に駆られて旅立ってきたのです。この始原の民の退化し荒廃した名残が、今日の人類であるように思われますが、今日の人類は、その最も重要で、最も欠くべからざる知識と道具を、なおこの民の高尚な文化に負っているのです。とりわけわたしどもを惹きつけたのは、あの王者のような人びとを、この世ならぬ場所とそこに住む住民に結びつけるまばゆい紐帯をなしていたあの聖なる言葉でした。さまざまな伝説の語るところによれば、その聖なる言葉のいくつかは、われわれの祖先のうちの幸運な何人かの賢者が、なお保持していたようなのです。聖なる言葉は、発すればさながら妙なる歌となり、その抗いがたい音色は、あらゆる自然物の内部へ深く染み入って、それを解きほぐしたのです。その言葉による名(48)のひとつひとつが、それぞれの自然物の魂を解き放つ合言葉のようでした。その音の振動が創造的な力をふるって、世界現象のありとあらゆる姿を励起させたわけですが、そこで、それらについては、宇宙万有の生命とは無数の声で交わされる永遠の会話なり、とまさしく言いえたのでした。というのも、聖なる言葉が語られると、あらゆる力、あらゆる種類の活動が、この上なく不思議な仕方でひとつに結び合わされているように思えたからなのです。この言葉の残片を捜す、少なくともそれについてのあらゆる消息を拾い出すことが、わたしどもの旅の主たる目的でした。そして古代からの呼び声が、わたしどもをサイスの地にも引き寄せたのです。」

旅人たちは、ここの神殿書庫の博識な文書管理官たちから重要な情報を得られないものか、また、ひょっとしたら、多岐にわたる膨大な蒐集品のなかに解明の糸口までもが見出せないものかと、希望を述べた。そうして、神殿のなかで一晩寝てよいか、

(46)「小さな石炭」を意味するラテン語 carbunculus からきたもので、赤く燃えるような小さな炎症や宝石を指した。一般には赤い柘榴石、紅玉、紅玉髄などを指す。しかし、古代から伝説に言われている空想上の宝石としても名高く、テオプラストス(前三七一頃―前二八七頃)の『石について』において、太陽のもとで赤く輝く石について述べているという。中世においては、暗闇でも輝き、災いを避ける石とされ、魔術的な力が付与された。また神聖ローマ帝国皇帝の帝冠の中央にあったが、失われたままで、再び見出されたときには、異教徒とキリスト教徒の和解がもたらされ、世界が統一されるという伝説もある。ノヴァーリスは、啓蒙主義により貶められたこの伝統をあえて拾い出し、『青い花』でも愛と変容の象徴としてカルフンケルを用いている。

(47) アトランティスの住民を暗に指すと思われる。プラトンは『ティマイオス』において、ギリシア七賢人のひとりソロンがサイスまで旅して、そこの神官から、九千年前に栄えていたが一昼夜にして海底に没したアトランティスと、人類で最もすぐれた種族であるそこの住民の話を聞いたという話を伝えている。

(48) すべての事物がその創造のときの根源的な固有名を有するとされる「アダムの言語」に関連する。

また二、三日、師の講筵《こうえん》に列してもよいかと師に許しを乞い、願いは聞き入れられた。やがて、師が、自分の豊かな経験に照らしてかれらの話にあれこれと注釈を加えたり、啓発的で雅致に富んだ物語や知識をつぎつぎとくりひろげてみせると、一同は心から喜んだ。最後に師の話は、若い人たちの心の内にひそむ各人各様の自然感覚を呼び覚まし、それを鍛え、磨き、他の素質と結び合わせていちだんと見事な花と実を結ばせるという自分の近年の仕事にもおよんだ。

「自然の告知者たることは、美しい神聖な職務です」と師は語った。「たんに豊富で筋の通った知識や、その知識を手際よく既知の概念や経験に結びつけたり、耳慣れない特異な言葉を普通の言い回しに言い換えたりする才能、それどころか、自然の諸々の現象を的確に解明してわかりやすい絵図にまとめ、その構図の魅力や内容の豊かさによって感官に緊張や満足を与え、その奥深い意味によって精神を魅了するといった豊かな想像力の巧緻、こうしたものがみなそろっても、自然の告知者たる真の要件は、まだ満たせないのです。自然ではなくて、なにかほかのものを扱う人ならそれで十分かもしれないが、自然に対して心底から憧れを抱き、自然のなかにすべてを求め、みずからが、いわば自然の隠された業《わざ》を鋭敏に感知する道具と化しているような人は、敬虔な気持ちと信仰心をもって自然を語る者だけを師と仰ぎ、自然の友と認めるでしょう。そうした人の話には、真の福音と真の霊感とを告知する不思議な、真似ようもない浸透力と緊密さがあるからです。このような自然な心情に生まれつき恵まれている素質にしても、若いころからの不断の努力によって、また、孤独と沈黙によって――というのも、饒舌は、こういう者がふりむけなければならない絶えざる注意力とは相反するからだが――また、邪気のない謙虚な態度と不屈の忍耐力によって、これを支え、育んでいかなければなりません。どのくらい経てば自然の秘密にあずかれるのか、その時期は定めることはできない。いち早く到達した幸運な人も少なからずいるが、ようやく高齢になってからという人もいます。真の探求者は、けっして老いることはない。永遠なる衝動というのは、みな寿命の埒外にある、それどころか、外皮が風雨に晒されれば晒されるほど、なかの核はいよいよその明るさや輝きや逞しさを増していくのです。こうした天賦の才は、また、外見の美とか、力とか、分別とか、なんらかの人間的な美点に付随するものではありません。自然によって寵児に選ばれ、内的懐胎という幸運にめぐまれた人間は、身分階層や年齢を問わず、性別を問わず、時代や地域をも問わずにいたものです。そういう人びとは、往々にして、他の人間よりも単純で不器用に見えもし、生涯を通じて埋もれたままでもあった。むしろ、自然の真の理解が、大言壮語や抜け目なさや、派手なふるまいのもとで見られるほうが、きわめてまれなこととみなすべきでしょう。そのわけは、真の自然理解があれば、概して、朴訥な言葉や、素直な心、飾らない態度が生まれるというか、そなわるからなのです。職人や芸術家の工房、あるいは、人間が自然とさまざまにつきあい、わたりあうような場所、たとえば、農耕や、航海や、牧畜や、鉱山や、そのほか数多の営みの場では、自然感覚の発達は、どこよりもたやすく、どこよりも頻繁に見られるようです。技芸《わざ》の実質とはすべからく、めざす目的を達成し、なんらかの作用や現象を引き起こすための手段を認識し、かつ、その手段を選んで適用する手腕にあるとすれば、その自然理解をいろいろな人びとと共有のものとし、人間にそなわったこの素質をとりわけて伸ばし、育む——そういうことを自分の内的使命と感じる人は、まずなによりも、この素質を伸展させる自然の働きかけに細心の注意をはらい、この技芸の要点を自然から学びとるよう努めなくてはなりません。こういう人は、こうして得られた諸々の知見の助けをかりて、試行と、分析と、比較にもとづいて、どんな所与の個体に対しても、この手段を適用する体系を作り上げ、さらに、この体系をしっかりと身につけて第二の天性となし、その上で、骨折り甲斐のある自分の仕事に熱意をもってとりかかるでしょう。このような人だけが、まさしく自然の師と呼べるのです。他のたんなる自然信仰家《ナチュラリスト》は、だれしも、自然の産出物そのものとなんら変わらず、ただ偶然に自然との交感作用が働いて、自然を感得する感官を目覚めさせるにすぎないと言えるでしょう。

古代ローマで崇拝された
イシス像

# 補遺

*1*

サイスの弟子（49）

岩石火成論者《ヴルカニスト》と岩石水成論者《ネプチュニスト》（50）の地質学論争は、本来、大地の始まりはステニー（51）〔亢進《こうしん》〕的であったか、アステニー〔無力〕的であったかをめぐる論争である。

（一七九八年初頭）

*2*

ある男がなしとげた——かれはサイスの女神のヴェールをかかげた——だが、かれはなにを見たか。かれは見たのだ——奇跡の奇跡——自己自身を。

（「断章と研究」〔250〕一七九八年五月）

*3*

ヒヤシンスと花薔薇のメルヒェンの草案（52）

ひとりの幸運児が、名状しがたい自然をなんとか把握したいと切に願った。かれは、〈神秘に満ちた寝所を〉、イシスの神秘に満ちた御住居を、探し求めた。故郷と恋人を捨て、情熱に急《せ》きたてられるまま、許嫁の悲しみを顧みることもなかった。旅は長くつづいた。艱難辛苦は大きかった。とうとうかれは、〈神々の御一家〉、聖霊の御一家のために道中の準備をしている泉と花に出会った。かれらは聖所への道を教えてくれた。喜びのあまり恍惚となって、かれは扉のところへ行った〈着く〉。あかれはなかに足を踏み入れ、そして見た――微笑みながらかれを迎える許嫁を。

(49)　一七九八年前半のこの作品の構想では、「弟子」は単数形になっている。

(50)　大地の形成に関する地質学の理論において、ノヴァーリスのフライベルク鉱山大学時代の師でもある地質学者A・G・ヴェルナーは、岩石や山岳は太古の海の堆積物であるとする岩石水成論をとり、スコットランドのジェームズ・ハットン（一七二六―九七）は、噴火によって現れたとする岩石火成論をとり、両者の間で「火成―水成論争」が起きた。ゲーテやアレクサンダー・フォン・フンボルト（一七六九―一八五九）もこれに言及している。

(51)　原語はSthenieで、ギリシア語で強さを意味するsthenosに由来する。ここでのステニーとアステニーは、スコットランドの医師・生理学者ジョン・ブラウン（一七三五頃―八八）の「刺激理論」のキー概念のひとつ。刺激とそれを感受する能力とのバランスで健康状態が決まるとするブラウンの「刺激理論」とそれにもとづく治療法は、当時のドイツで流行した。ここではノヴァーリスは、このブラウン理論を岩石生成論にあてはめている。

(52)　『サイスの弟子たち』に挿入された「ヒヤシンスと花薔薇のメルヒェン」の初期の構想。一七九八年七月から八月にかけてのものと思われる。療養のために滞在していた温泉地テプリッツで書かれた「テプリッツ断章」の補遺にある（「断章と研究　一七九八年」〔336〕）。

たりを見まわすと、かれは自分の寝室にいた――窓の下で甘い小夜曲が、〈静かな抱擁に〉、〈やさしく溶けあう抱擁に〉、〈謎を解くような接吻に〉、甘やかに溶ける神秘に、合わせて響いていた。

（「断章と研究」［431］一七九八年七月／八月）

*4* 人間はつねに自分の本質についての象徴的な哲学を――その仕事や行為のなかに表わされて――もっている。――人間は、自己自身と自然の福音とを告知する。人間は自然の救世主である。

（「一般草稿」［52］一七九八年晩夏）

*5* 自然国家は、私的なもの《レース・プリウァータ》（神秘的）であると同時に、公のもの《レース・プーブリカ》でもある。／自然の神秘主義。イシス――処女――ヴェール――自然学の神秘的な取り扱い。／

（「一般草稿」［788］一七九八年十一月）

*6* 自然学

二重の道――個別から――全体から――内面から――外面から。自然の天才。数学。ゲーテ。[53] シェリング。[54] リッター。[55] プネウマ的化学。[56] 中世、[57] 自然小説。[58] 自然学講義。ヴェルナー。[59] 実験。

　自然学の根底に真の統一があるのかどうか。

(53) ノヴァーリスはゲーテを「かれの時代の第一の自然学者」と呼ぶ(「断章と研究 一七九八年」[445])。

(54) F・W・ヨーゼフ・フォン・シェリング(一七七五―一八五四)は学生時代にヘーゲル、ヘルダーリンと親交を結び、初期ロマン派の最盛期には自然哲学を展開してロマン派と近い関係にあった。ノヴァーリスは、フライベルク鉱山大学へ向かう途中、「自然哲学」について考慮中のシェリングと直接会って、自然をめぐって会話をしている。

(55) ヨハン・ヴィルヘルム・リッター(一七七六―一八一〇)は、ガルヴァーニ(一七三七―九八)の動物磁気説に関して、自然哲学的考察と実験とを結びつけようとしており、ノヴァーリスもそれに関心を示している。

(56) 「一般草稿」[871]に「反燃素説的化学――プネウマ的化学という命名について。プネウマは古代より精気、息吹、魂を表わす。この名称は、固体と液体の統合的過程に関わる」とある。

(57) この小説の続きを暗示するものである(補遺の[7][8]を参照)。『サイスの弟子たち』の執筆された部分では、中世というテーマはほとんど触れられていない。

(58) ノヴァーリスはルートヴィヒ・ティーク(一七七三―一八五三)宛書簡で、この作品について「これは真に象徴的な自然小説になるでしょう」と書いている(一八〇〇年二月二十三日付)。

(59) アブラハム・ゴットロープ・ヴェルナーは、フライベルク鉱山大学の地質学・鉱物学の教授。ノヴァーリスも講義を受け、その理論には批評を加えているが、人柄や学問に対する真摯な態度には心服し、敬愛の念をもって『青い花』第一部第五章の「ヴェルナーという名の老親方」や、本書の「師」の姿にその理想化が見られる。

（「対話」の原稿に挟まれていた覚書、一七九九年初頭）

*7*

英雄イエス(60)。聖墳墓への憧憬(61)。十字軍の歌。尼僧と修道僧の歌。独居修士《アナコレット》。(62)泣く女。探す者。祈り。処女への憧れ。永遠の灯火。かれの苦悩。

サイスのイエス。

---

死者たちの歌(63)。

（「断章と研究」〔191〕〔192〕一七九九年秋）

*8*

サイスの神殿の変容(64)

イシスの出現。

師の死。

神殿でのさまざまな夢。

アルカエウス(65)の工房。

ギリシアの神々の到着。

ピラミッドへの旅。
メムノンの巨像。(67)
密儀(66)への参入。

(60)　この覚書は、「断章と研究　一七九九／一八〇〇年」[191]にある。例えばヘルダーリンの詩「唯一者」(一八〇二)に「おお、キリストよ、……ヘラクレスの兄弟よ」とあるように、キリストを英雄として描くのは、しばしばロマン主義の時代に見られる。

(61)　以下、「十字軍の歌」、「独居修士《アナコレット》」、「死者たちの歌」は、それぞれ『青い花』第一部第四章、第二部、補遺に見られる。

(62)　初期キリスト教の隠遁修士。隠者。

(63)　『青い花』の補遺に「死者たちの歌」というのがあり、そのためこの覚書は、従来『青い花』の続編のためのものとされてきた。しかし、『青い花』の補遺にある詩の表題「死者たちの歌」は、ノヴァーリスが付けたものではなくて、ハンス・ユルゲン・バルメス(ハンザー版校訂者)によれば、一九〇七年刊のいわゆるミノール版「ノヴァーリス全集」において、校訂者ミノールによって付けられたものである。

(64)　以下は、おそらく一七九九年の十二月に書かれたもので、『サイスの弟子たち』の続きに関する最後のノートとなる。しかしノヴァーリスは、一八〇〇年までこの作品に取り組むつもりでいた。「『サイスの弟子』は上記の小説(『青い花』)の完成のあとでただちに取りかかります」(F・シュレーゲル宛書簡、一八〇〇年一月三十一日付)、および、「『弟子たち』は休筆したほうがいいと思います。今度はまったく違う仕方で登場するはず――真に象徴的な自然小説になるはずです」(ティーク宛書簡、一八〇〇年二月二十三日付)

子供とかれのヨハネ[68]。自然の救世主。新約聖書――そして、新エルサレム[69]としての――新しい自然。

古代人のさまざまな宇宙開闢論[70]。インドの神々。

（「断章と研究」［233］［234］一七九九年晩秋）

(65) あらゆる生命の原理としての中心的な火の錬金術的表現。中心的な火とは、根源的な生命原理としての「世界霊」に類した表象である。パラケルススがこの伝統を取りいれ、ベルギーの医者・科学者ヨハン・バプティスト・フォン・ヘルモント(一五七七―一六四四)はこれを「準備のできた素材に対しその願望を刺激し、金属、植物、動物、人間といったそれにふさわしい形式をとるために、生命を与える原理」とし、「職匠アルカエウス」と人格化して呼んだ。ノヴァーリスは、一七九八年九月九日にアウグスト・ヴィルヘルム・シュレーゲルにヘルモントの著作を送るよう頼んでおり、これを読んだと思われる。

(66) イシスの密儀を指す。シラーの「モーゼの使命」に以下のようにある。「あの神秘的な彫像とヒエログリフとに結びつけられるこの儀式と、このヒエログリフに隠され、あの儀礼によって準備された密かな真理とは、要するに、密儀という名のもとにとらえられたのである。」また、モーツァルトの歌劇『魔笛』にもあるようにイシス・オシリスの密儀は、フリーメーソンの運動とも合わせ、当時かなり知られていたと思われる。

(67) ノヴァーリスは「ヘムステルホイス研究」においてヘムステルホイスの『アレクシス、または黄金時代』から「詩の精神は、メムノンの巨像を鳴き響かせるあの曙光である」という言葉を抜書きしている。エジプトにあるメムノンの巨像は、朝日があたると音を発すると言われていた。

(68) 子供はキリスト、ヨハネはキリストの到来を予言した洗礼者ヨハネ。

(69) ユダヤ教、キリスト教、イスラム教で聖地とされるエルサレムに「新」が付され、たんにキリスト教徒の救済の象徴というだけでなく、全人類の救済がメタフォリックに考えられている。

(70) 世界の発生の理論。ノヴァーリスは、ヘルモントの著書に関してカロリーネ・シュレーゲルに宛てた書簡(一七九八年九月九日付?)で、「その際、宇宙開闢論が興味深いと思いませんか。そしてそれは小さなことではないと」と書いている。

# 花粉

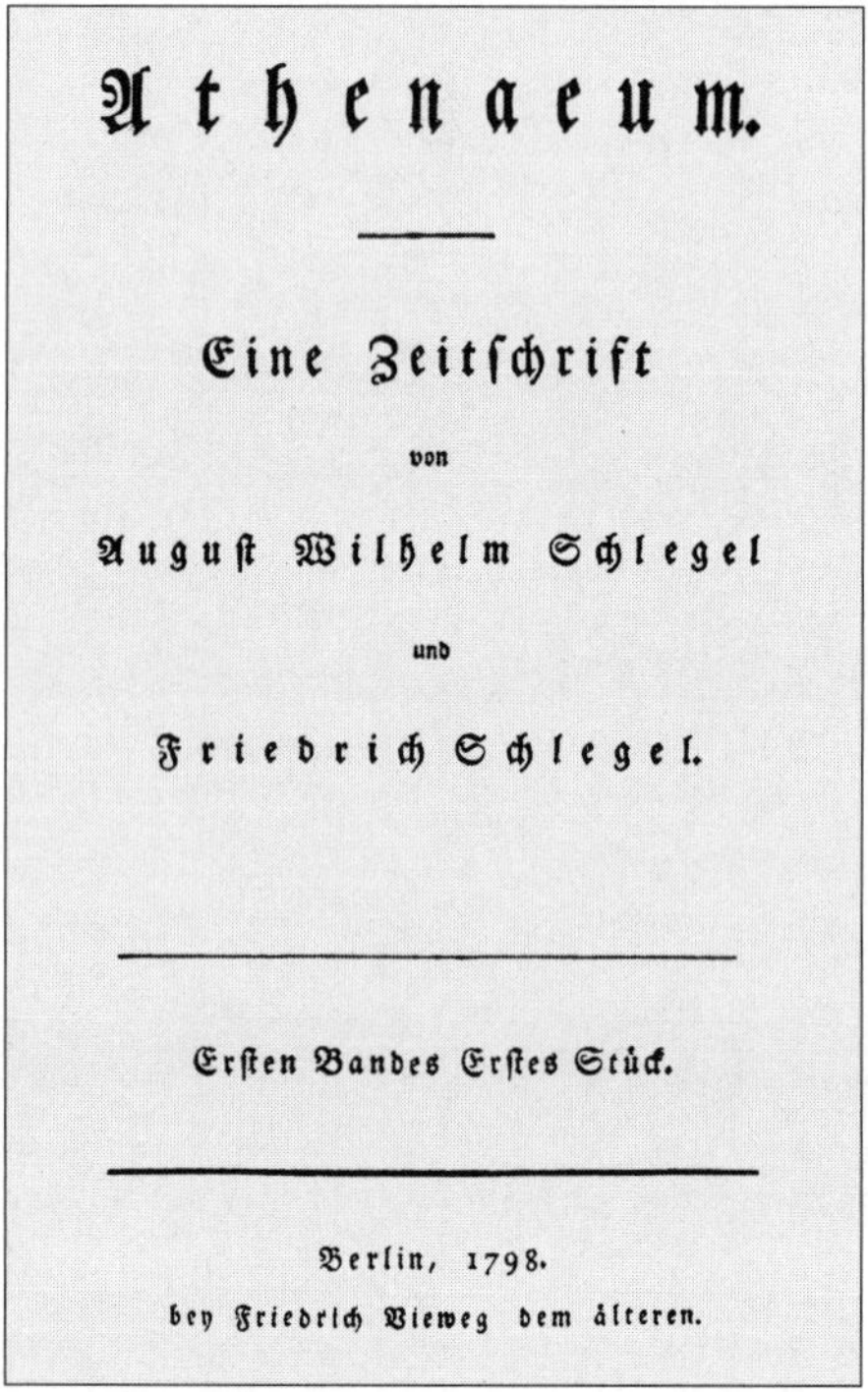

# Athenaeum.

Eine Zeitschrift

von

August Wilhelm Schlegel

und

Friedrich Schlegel.

Ersten Bandes Erstes Stück.

Berlin, 1798.

bey Friedrich Vieweg dem älteren.

『花粉』掲載の「アテネウム」誌第１巻第１冊

友よ、大地は貧しい。ほんのささやかな収穫を得るためにも
ぼくらはたっぷりと種を播かなければならない。

**1**　わたしたちはいたるところに絶対的なもの〔無制約なもの〕を探し求めるが、見出すのはいつも事物だけである。(1)

(1)　批判校訂版全集の編者のR・ザムエルによれば(HKA II, 747)、この断章はシェリングの『哲学の原理としての自我について、または人間知における絶対的なものについて』(一七九五)における問題に関わる。シェリングはここで、「制約する(bedingen)というのは、それによってなにものかが物(Ding)となる行為であり、制約されている(bedingt)というのは、物になったものを表わす。このことからすぐに、なにものも自己自身を媒介として物として措定されることはありえない、すなわち、制約されない〔絶対的な〕物というのは矛盾だということが、明らかになる。……したがって絶対的なもの(das Unbedingte)が存在可能であるのは、物一般においてでも、物となりうるものにおいてでもなく、主観において、すなわち、まったく物になりえないものにおいてのみである、つまり、絶対的な(absolut)自我が存在するとすれば、もっぱらその絶対的な自我においてのみである」(F. W. Schelling: *Sämtliche Werke* I-1, S. 52–57)と述べている。

**2**　音と線による表示は、驚嘆すべき抽象である。四つの文字がわたしに神〔Gott〕を示し、数本の線が百万もの事物を表わす。これによって宇宙の取り扱いがどんなに容易になることか！　霊〔精神〕の世界の同心的構造がどんなに明白になることか！　文法こそ、霊〔精神〕の世界の力学である。一言の命令が軍隊を動かし、自由という言葉が諸国民を動かす。

**3**　世界国家とは、親しい交わりの世界という美しい世界によって魂を吹き込まれる身体である。世界国家は、この美しい世界に不可欠の器官である。

**4**　修業時代は詩を志す若者のためにあり、大学時代《アカデミー》は哲学を志す若者のためにある。大学はもっぱら哲学の研究所であるべきだろう——学部はひとつだけで、その全講座は、思考力の喚起と、その適切な鍛錬のために組織されているべきだろう。

**5**　すぐれた意味での修業時代とは、生きる術を学ぶ修業時代である。計画的に組み立てられた諸々の試みを通してその原則を学び、その原則にしたがって意のままにふるまう巧みな技を習得するのである。

*6*　自分をあますところなく把握する[2]ということはけっしてないだろうが、把握するよりもはるかに多くのことをなすだろうし、なしうるのだ。

*7*　ある種の抑制は、さまざまな音を出すために、あちこちの孔をふさぎ、音のする孔と音のしない孔を自在につなぎ合わせているかにみえるフルート奏者の指の運びに似ている。

*8*　妄想と真理の相異[3]は、その生命機能の違いにある。妄想は真理を糧に生命をつなぐ

（2）　把握する(begreifen)という言葉は、カント以降の哲学用語では、概念による悟性的把握に適用される。カント『純粋理性批判』では、超越論的自我、もしくは精神は、経験の客体ではなく、悟性では把握されないとされ、それは理論理性の〈調整的理念〉、もしくは実践理性の要請であるとされたが、フィヒテとシェリングは、それは「知的直観」において到達できる、すなわち、概念による認識を超えたところでのいきいきとした行為に関わると考えた。ノヴァーリスもそのように考えている。
（3）　この断章は、スコットランドの医師・生理学者ジョン・ブラウンの刺激理論、および、それをドイツで継承している医学者のレッシュラウプ(ノヴァーリスの主治医でもあった)の「真理は健康、妄想は病気である」とする説にもとづいている。

ぐ。真理は、それ自体においておのれの生を生きる。病気が根絶されるように、妄想も根絶される。つまり妄想とは、論理の炎症か、または論理の麻痺、熱狂④や固陋にほかならないのである。炎症の場合は、見かけ上の思考力不足を引き起こす。これは刺激剤や強制手段を徐々に減らしながら用いるしか効き目がない。麻痺の場合は、しばしば偽の活気状態に移行する。その危険な革命的な〔病勢革《あらたむ》る〕兆候は、強力な薬を徐々に増やしながら投与することによってしか、駆逐できない。この二つの体質は、厳格な規則にのっとった長期療養によってしか変えることはできない。

**9**　わたしたちの知覚能力は、すべて、眼に似ている。対象が正しく瞳に映し出されるには、像を倒立させる媒体を経てこなければならない。

**10**　経験は理論的なものの試薬であり、逆に理論は経験の試薬である。たんなる理論は応用には十分でないと、しばしば実践家はのたまうが、しかしお互いさまで、たんなる経験を理論的に応用する際も、不十分さはつきまとう。真の哲学者はこのことを、その必然的な結果には甘んじながらも、十分はっきりと指摘している。実践家は、たんなる理論をまったく斥けるばかりで、以下の問いに答えるのがいかに困難かと思い描きもしないのである——「理論は応用のためにあるのか、それとも、応用は理論のためにあるのか。」

**11**　至高のものこそ最も理解しやすいものであり、最も身近なもの、最も不可欠のものである。

**12**　奇跡は、自然法則にしたがった作用と相互関係にある。両者は互いに限定しあって、ひとつの全体をなす。この二つは、互いに止揚《アウフヘーベン》しあって、ひとつに結ばれる。自然事象なしに奇跡はなく、奇跡なしに自然事象はない。

**13**　自然は、永久所有の敵である。自然は揺るぎない法則にしたがって、所有のあらゆる徴《しるし》を打ち砕き、枠づけのあらゆる標徴を根絶やしにする。大地はすべての世代のものである。だれしもがすべてに対し請求権をもっている。先に生まれた者に、その長子たる偶然の優先権が許されるわけではない。——所有権は、いくらか時が

（4）　啓蒙主義の宗教批判において妄想の形式とみなされる概念。

経てば消滅する。向上と退歩は、変更不可能な条件のもとにある。しかし、肉体が、大地で活動する住民たる権利をわたしが獲得するのに必要な所有物にすぎない以上、この所有物を失ったところで、わたし自身を失うおそれはない。わたしはこの大地という寄宿学校の学籍を失《な》くすだけで、もっと高次の団体《コルボラツィオーン》に加入するのだが、このわたしの後を追って愛する学友たちもここへ入ってくるのである。

*14* 生は、死の始まりである。生は、死のためにある。死は、終わりであると同時に始まりであり、分離であると同時に、いちだんと緊密な自己結合である。死によって還元が完了する。

*15* 哲学にもその花がある。その花とは、美しいと呼ぶべきか、機知に富んでいると呼ぶべきか、いつも戸惑うあの思想のことである。(F・シュレーゲル)

*16* 想像力《ファンタジー》は、未来の世界を高みに置くか、深みに沈めるか、あるいは輪廻という形でわたしたちのところにもたらすかする。わたしたちは宇宙万有を経めぐる夢を見る――だとすれば宇宙万有はわたしたちの内部にあるのではないか。みずからの精

神の深みをわたしたちは知らないのだ。――内部へと神秘に満ちた道が通じる。諸々の世界を引き具した永遠と、過去と未来とは、わたしたちの内部にあるのでなければ、他のどこにもない。外界は影の世界であり、その影を光の国に投じている。もっともいまは、内部はとても暗く、寂しく、朧げである。だが、この暗闇が去って、影なす本体が取り除かれれば、どれほど様変わりして見えることか。わたしたちはこれまでにないほどの楽しみを味わうだろう。というのも、わたしたちの精神は乏しきに耐えてきたからである。

**17** ダーウィンの述べているところ(5)によれば、眼に見える物象を夢にみたときは、眼が覚めたとき、あまり光が眩《まぶ》しいと感じないという。だとすれば、この世ですでに視霊を夢にみた人たちは幸いなるかな！　そういう人たちは、だれより早く、あの世の光輝に耐えられるからである。

**18** 人間が、あるものの芽を自分の内に有していないのであれば、どうしてそのもの

(5)『種の起源』のチャールズ・ダーウィン(一八〇九―八二)の祖父で、医師・自然研究家のエラスムス・ダーウィン(一七三一―一八〇二)の『動物学、または有機体の法則』(一七九四)を指す。

を理解する力をもてようか。わたしが理解すべきことは、わたしの内部で有機的に生長していかなければならない。だから、わたしが学習するようにみえるものも、有機体の栄養物、刺激剤にすぎないのである。

*19* 魂の座⑹は、内界と外界が接するところにある。内界と外界が浸透しあうところでは、浸透する箇所はどれも魂の座となる。

*20* 絶対的な理解と絶対的な無理解の間で思想の伝達が交わされるとすれば、それはすでに哲学的な友情と呼んでさしつかえない。自分自身が相手でもこれ以上はうまくいかない。それに、思考する人間の生とは、たえざる内的共同哲学《ジュンフィロゾフィーレン》以外のなんであろうか。(F・シュレーゲル)

*21* 天才〔天賦の才〕とは、想像上の対象を現実の対象と同じように扱い、また、それを現実の対象のように論じる能力である。だから、叙述の才能、すなわち精確に観察し、その観察を的確に記述する才能は、天才とは違うものなのだ。叙述の才能がないと、半分しかものが見えない——これは半分だけ天才であるにすぎない。天才

的素質をもちながら、叙述の才能を欠いているために、この素質を発展させずに終わる者もあるだろう。

*22*

自分の外に出る能力、意識をもったまま感官の向こうに超え出る能力は、人間には与えられていないというのは、きわめて勝手な思い込みである。人間はいつなんどきでも超感性的な存在になれるのである。この能力がなければ、人間は世界市民ではなく、獣にすぎない。もちろん、この超感性的な状態では、自覚〔思慮深さ〕、あるいは自己発見は、非常にむずかしい。というのも、この状態は、目まぐるしく変わるわたしたちの日常の状態と、実に間断なく、必然的に結びついているからである。だが、この超感性的な状態がどんどん意識できるようになるにつれて、そこから生まれる確信、すなわち、霊の真の顕現に対する確信は、ますますいきいきとしたもの、力強いもの、充実したものになっていく。それは、見ることでも、聞くことでも、感じることでもなくて、これら三つがみな合わさり、かつ、これら三つ

（6）ザムエル・トーマス・ゼンメリング（一七五五―一八三〇）が「魂の座」について問うたのに対し、カントが、「自己自身を対象化するということは、自己自身の外に出ることとなり、それは矛盾になるので、座というものは規定できない」と答えたものを受けての断章である。

すべてを上まわるものであり、直接的な確信の感情、わたしの最も真実で、最も固有な生の直観である。諸々の思考は法則に姿を変え、願望は成就に変わる。弱い者には、この瞬間の出来事が信仰箇条となる。霊の顕現がとくにめざましいのは、いろいろな人間の姿や顔を眺めるとき、ことに、さまざまな眼や表情や動作を見やるとき、ある種の言葉を聞くとき、書物のなんらかの箇所を読むとき、あるいは、人生や世界や運命に思いをいたすときなどである。霊の顕現の体験は、非常によく見られる偶然や、さまざまな自然現象や、特にまた、季節や時刻によって、もたらされる。ある種の気分は、とりわけ霊のこのような顕現には好都合である。その大半は束の間のものであり、持続するものはわずかで、残るものはきわめて少ない。この点は、ひとによってさまざまに異なる。霊の顕現を体験する能力を他人より多くそなえている者もいる。こうしたものに対する感覚をより多くそなえている者もいれば、理解力〔悟性〕をより多く有している者もいる。後者は、つねにおだやかな霊の光につつまれているだろう。前者は、時おり霊の光に照らし出されるだけだが、それはずっと明るく、ずっと多彩な光であろう。この能力も、他の場合と同様、病むことがある。感覚の過剰と悟性の欠如か、悟性の過剰と感覚の欠如かを徴候とする病である。

**23**

恥じらいとは、おそらく瀆聖の感情であろう。友情や恋愛、敬神の念は、ひそかに扱うべきものであろう。まれに打ちとけたときにだけ語るものであって、ふだんは暗黙のうちに了解しあうべきものであろう。考えるには微妙すぎるものがたくさんあるし、口に出して言えないものはもっと多い。

**24**

自己放棄は、あらゆる卑下の源であるが、逆にまた、あらゆる真の向上の基盤となる。その第一歩は、内部への眼差し、すなわち、わたしたちの自己を分離して眺めることである。ここで立ち止まる者は、道半ばで終わる。第二歩として、外部への活発な眼差し、すなわち、自発的で冷静な外界の観察がなければならない。

**25**

自分の経験や、自分のお気に入りの対象しか叙述しようとしない人間、まったく未知で、なんの興味もわかない対象をもあえて熱心に研究し、じっくり時間をかけてこれを叙述するということができない人間は、叙述者としてはけっしてすぐれた仕事をなしえないだろう。叙述者は、あらゆることが叙述できなければならないし、また叙述しようとしなければならない。人びとがいみじくもあれほど賛嘆するゲーテの偉大な叙述様式は、こうすることによって生まれるのである。

**26** ひとたび絶対的なものに対する愛着にとりつかれ、そこから離れることができなくなると、ひとはいつも自己矛盾に陥り、対立する両極を結びつける以外に遁れる道はなくなる。矛盾律は必然的に通用しなくなる。その際、受動的態度をとろうとするか、その必然性を認めることによって自由な行為へと高めていこうとするか、どちらかを選ぶしかない。(F・シュレーゲル)

**27** ゲーテの注目すべき独自性のひとつとして、取るに足らない些細な出来事を、より重要な出来事と結びつける点が挙げられる。その際ゲーテは、詩的な仕方で、想像力に神秘的な戯れを演じさせることとしか意図していないようにみえる。ここでもこの並外れた天才は、自然の秘密を探り出し、その巧みな技を学び取ったのである。日常生活は似たような偶然事に満ちている。偶然は戯れを演じるが、戯れというものがみなそうであるように、ひとを驚かしたり、惑わしたりする。

巷間の俗説には、こうした逆《さか》しまの関係をみとめて言い表わしたものがけっこうある。たとえば、悪い夢は幸運をもたらす、死んだと言われれば長寿をもたらす、兎が道を横切れば不幸になるなどがそれである。民間の迷信のほとんどすべては、偶然の戯れの解釈にもとづいている。

**28**　教養〔自己形成〕の最高の課題は、自分の超越論的自己を我がものとすると同時に、自分の自我の自我となることである。だとすれば、他者に対する十全な感覚や理解が欠けているといって、いぶかしがるにはあたらない。完全な自己理解がなければ、他者を真に理解することはできないであろう。

**29**　フモール〔諧謔〕とは、随意に採択されるひとつの手法である。随意というのがフモールの香辛料なのだ。すなわちフモールとは、制約されたものと無制約なもの〔絶対的なもの〕を自由に混ぜ合わせた結果、生じるものなのだ。特殊限定的なものもフモールによって普遍的興味のあるものとなり、客観的な価値をおびる。想像力《ファンタジー》と判断力が触れあうところに生じるのが、機知《ヴィッツ》である。理性と恣意が組み合わさると、フモールになる。揶揄《ペルシフラージュ》はフモールの一種であるが、一段低いものであり、もはや純粋に芸術的なものではなく、ずっと限定的なものである。シュレーゲルがイロニーとして特徴づけたものは、わたしが思うに、自覚〔思慮深さ〕の、すなわち精神〔霊〕の真の現前の結果であり、その特性にほかならない。シュレーゲルのイロニー(7)は、わたしには真のフモールだと思われる。ひとつの観念にいくつかの名称があるのは都合がよい。

***30*** 取るに足らないもの、卑俗なもの、粗野なもの、醜いもの、無作法なものは、もっぱら機知を通じてのみ、社交の場に顔を出せる。これらのものは、いわば機知のためにのみ存在するのであって、その目指すところは、機知なのである。(8)

***31*** もし自分自身が卑俗でないなら、卑俗なものを力をこめて、かつ、優美さの源である軽やかさをもって扱うには、卑俗なものほど特別なものはないと思わなければならない。そして、特異なものを解する感性をもち、そのなかに多くの事柄を求め、かつ予感するようにしなければならない。このようなやり方をすれば、おそらく、まったく異なる世界に住む人間でも、ふつうの人びとを満足させることができるだろうし、その人たちのほうでも、かれに悪意を抱くことはけっしてない。それどころか、人びとは、かれこそ、自分たちが愛すべき人間と呼ぶものにほかならないとみなすのである。（F・シュレーゲル）

**32** わたしたちは、ひとつの使命《ミッション》をおびている。大地の陶冶をするべく召命されているのだ。

**33** 霊が眼前に顕われれば、わたしたちはたちまち自らの霊性に目覚めるだろう。その霊と同時にみずからをも媒介にして、霊感を吹き込まれるだろう。霊感がなければ、霊の顕現はない。霊感とは、霊の顕現であると同時にそれに対応するわたしたちの霊性の目覚めであり、霊を我がものにすることであると同時に霊を伝達することなのである。

**34** 人間は、ありし日の姿が想起されることによって、もっぱら観念のなかに生きて

(7) ここで言われるイロニーはとくにF・シュレーゲルの「リュツェウム断章」[108]のイロニー論におけるものを指す。そこではソクラテスのイロニーを称揚し、「すべてが戯れであると同時に、すべてがまじめである」とされる。

(8) この断章[30]とその前の[29]、さらに[40]は、「さまざまな覚書」[30]の一部である。フリードリヒ・シュレーゲルはこのノヴァーリスのオリジナルの断章を小さな断章に分断し、さらに自分の断章を[31]として挿入するなど、強い変更を加えている。そのため、ノヴァーリスが目指していた機知《ヴィッツ》とフモール(諧謔)の明確な差異化は失われることになった。

作用をおよぼしつづける。この世で霊が作用をおよぼす手だては、いまのところこれしかない。それゆえ、亡き人を偲ぶことは、生者の務めなのだ。それが亡き人たちとの交わりを保つ唯一の道である。神でさえも、わたしたちに御業《みわざ》をお示しになるには、信仰を介する以外に方法はないのだ。

***35*** 関心とは、ある存在者の苦悩や活動に与することである。なにかに与したいという気持ちが引き起こされたとき、わたしはそのものに関心をもつ。自己自身に対する関心ほど関心をひくものはない。同様に、自分自身にかかずらう人が、それをわたしに伝達する〔分与する〕ことによって、その活動に参加せよとわたしをいわば招きいれるとき、そのような人がわたしに惹起する関心が、意義深い友情や恋愛の根拠となる。

***36*** 機知を考え出したのは、だれなのだろうか。わたしたちの霊〔精神〕の特性、あるいは活動の仕方は、自覚にもたらされれば、どれも、最も本来的な意味で、新発見された世界なのである。

*37* 霊〔精神〕は、いつもただ、見なれない、風のような姿で顕われる。

*38* 精神は、いまのところ、部分的に活動しているにすぎない。精神がその全体において活動するのはいつだろうか。いつになったら人間は、全的な類として、自己自身を考慮しはじめるのだろうか。

*39* 人間の人間たる本質は、真理にある。真理を放棄してしまえば、人間は自己自身を放棄することになる。真理を裏切る人間は、自己自身を裏切ることになる。ここで問題にしているのは虚言のことではなく、信念に反する行為のことである。

*40* 晴朗な魂に機知は宿らない。機知は均衡の破れを示す。それは均衡を乱した結果であると同時に、それを修復する手段ともなる。情熱は、最高に強烈な機知を生み出す。いっさいの釣合いがくずれた状態、すなわち、絶望や、精神的な死は、最も恐るべき機知に富む。

*41* 好ましい対象についてはいくら聞いても聞き飽きないし、いくら語っても尽きる

ことはない。耳新しくて的を射た讃美の言葉は、どれもみな嬉しい。それがあらゆる話題の対象とならなくても、わたしたちには大したことではない。

**42** わたしたちが生命のない物体に固執するのも、それにまつわる事情やその形状のゆえである。わたしたちがその物を愛するのは、それが愛する人のものであったり、その名残をとどめていたり、その人に似ていたりするからである。

**43** 真のクラブ(9)とは、研究所と社交とが混在したものである。真のクラブは、研究所と同じく、ひとつの目的をもっているが、それは決まった目的ではなく、不特定の自由な目的である。人間性一般がそれである。目的はすべてまじめなものであるが、社交はまったく愉快なものである。

**44** 社交での談話の話題は、活性剤にほかならない。その目的のために話題は選ばれ、変えられ、扱い方がきめられる。社交とは、共同の生にほかならない。つまり、思考し、感じる一個の不可分な人格なのである。人間はだれしも、ひとつの小社交界なのだ。

**45**　自己のうちに立ち戻るとは、わたしたちの場合、外界を捨象することを意味する。類推的に言うなら、霊の場合は、地上の生が内観となり、自己への潜入、内在的活動となる。したがって、地上の生は、ある根源的反省から、つまり、われわれの反省と同じく自由な原初的な自己潜入、自己自身への集中から、生じるのである。逆に、この世での霊的生活は、あの原初的反省の発現から生じる。霊はさらに自己を展開し、もう一度自己自身から出ていき、先の反省を部分的にふたたび開始する。その瞬間、はじめて霊〔精神〕は「わたし」と言う。こう見ると、出ていく、入っていくということがいかに相関的なことかがわかる。わたしたちが入っていくと呼ぶのは、ほんとうは外へ出ていくことであり、ふたたび最初の姿をとることなのである。

**46**　このところひどく悪しざまに扱われる俗衆のために、なにか弁護してやれないものだろうか。忍耐強い凡庸さにおいてこそ最大の力が発揮されるのではないか。そ

(9)　レッシングの『エルンストとファルク——フリーメーソンをめぐる会話』(一七七八)における理想的なフリーメーソンの形も考えられていよう。

れに人間とは、民衆《ポポロ》の出以上のものであろうか。

*47* たんにあれこれの思想を考えるというのでなく、じっくりとした思索が真に好まれているところでは、進歩もまたのぞまれる。こういう好尚をもっていない学者は非常に多い。かれらは、靴屋が靴作りを習得したのと同じように、推論し結論を下す技法は学びはしたが、思想の根拠を見出そうと思いおよんだことはなく、そういう努力もしたことがないのだ。だが、そうする以外に救済の道はない。多くの学者の場合、熟考への好尚は長くは続かない。その気持ちは育ってはいくが、たいていは年齢とともに、ときには、それ以上の熟考の労をまぬかれたくて求めたにすぎない体系の発見とともに、衰えていってしまうのである。

*48* 誤謬や偏見は負荷となるが、自発的な人間、どんな負荷にも耐えられる人間には、間接的な刺激剤となる。脆弱な人間には、強力な弛緩剤となってしまう。

*49* 民衆とは、ひとつの理念である。わたしたちは民衆になるべきなのだ。完全な人間は一個の小さな民衆である。真の民衆性こそ、人間の最高の目標なのだ。

**50** 教養〔自己形成〕のどの段階も、はじまりは幼年期にある。だから、最高に教養を積んだ地上の人間は、子供にあれほど似ているのだ。

**51** 愛の対象はどれも、楽園の中心をなす。

**52** 興味をそそるものは、わたしを突き動かすが、それは、わたし自身のためではなく、たんに手段として、部分としてである。古典的なものは、わたしをかき乱すことはまったくない。それは、ただ間接的に、わたし自身を通して、わたしを刺激するだけである。それが、わたしにとって古典的なものとして存在するのは、わたしがそれを、わたしを刺激しないだろうものと措定する場合であり、また、わたしが自分のために、自分自身で、それを産出する気になり、突き動かされる場合である。あるいは、わたし自身の一部分を切り離し、これを萌芽として、独自の仕方で、わたしの眼前に生長させる場合である。生長というものは、往々にしてほんの一瞬のことであるが、対象の感覚的知覚と一致し、その結果、わたしは、ありふれた対象と理想とが交互に浸透しあいながらただ**一個の**不思議な個体となっているひとつの対象を、目のあたりにするのである。

**53** 個々の芸術は、最も本来的な意味において、ある公式があってはじめて理解されるのだが、その公式を見出すのは、芸術批評家の仕事であり、その仕事は、芸術史を準備するものとなる。

**54** 頭の混乱した者はしばしば愚者と呼ばれるが、人間は、頭が混乱していればいるほど、たゆまぬ自己研究によって、いっそう大きく成長することができる。これに反し、整然たる頭脳の持ち主は、本物の学者、徹底した百科全書家《エンツィクロペディスト》になるよう努めなければならない。頭の混乱した者は、最初は手ごわい障害と闘わねばならない。納得するにも時間がかかり、仕事を覚えるにも苦労を要する。だが、そうするうちに、かれらも押しも押されぬ大家、名人になっている。整然たる頭脳の持ち主は、会得するのは早いが、たちまちそこを立ち去ってしまう。すぐに第二段階に達するが、たいていはここで立ち止まってしまう。最後の数歩が難儀となり、ある程度の名人の域に達していながら、あえてもう一度初心に立ちかえるということができないのである。混乱した状態とは、有り余るほどの力と才能があるが、均衡が欠けていることの表れである。整然たる状態とは、均衡は正しくとれているが、力や才能が乏しいことの表れである。それゆえ、混乱せる者は進展し、かつ完成する能力をそなえているが、整然たる者は、早い段階で俗物として終わってしまうのである。秩序と確実さだけが、明瞭なものではない。混乱せる者は、自己への働きかけを通じて、あの天上的な透明さの境地に、整然たる者にはめったに行き着くことのできないあの自己照明の境地に、いたるのである。真の天才は、この両極端を結びつける。かれは、整然たる者とは迅速さを、混乱せる者とは充溢を分かちあうのである。

**55**　個別のものはただ興味をひくだけである。だから古典的なものはすべて、個として存在するのではない。

**56**　真の手紙は、その本性からして、詩的なものである。

**57**　親和性の原理としての機知は、同時に万物溶解液〔menstruum universale〕[10]でもある。機知に富んだ混合とは、たとえば、ユダヤ人にして世界市民《コスモポリタン》[11]、幼児にして賢明、盗人にして高潔、娼婦にして高徳、素朴さにみられる判断力の過剰と欠如など、無限にある。

**58** 第一印象が、絶対的に機知に富んでいるという印象、すなわち、霊〔精神〕でありながら特定の個人でもあるという印象を与える場合、その人間は、きわめて品位ある者に見える。すぐれた人間ならだれしも、いわば、眼に見える外観を理想的な形でパロディー化しているようなひとつの霊が、身内を漂っていくように見えるにちがいない。多くの人間の場合、あたかもこの霊が、眼に見える外観に顔をしかめているかのようである。

**59** 社交本能は、組織本能である。この精神的同化作用によって、凡庸な人びとがひとりの機知に富んだ人間のまわりに集って、立派な社交仲間が作られることもよくある。

**60** 美をとりまいてうごめく質料こそ、興味をそそるものである。精神と美がそろうところでは、あらゆる自然物のうちでも最良のものが、同心円状に揺れ動きながら集積していく。

*61*

ドイツ人は、長い間、まぬけのハンスであった。だが、おそらく、とびきりのハンスになる日も遠くはあるまい。ドイツ人のおかれた状態は、多くの愚かな子供のそれにひとしい。早熟な兄弟たちがとうに死に絶えたころ、かれは生長して賢くなり、いまやひとり、この家の主になるのである。

*62*

諸科学における最良の部分は、哲学的成分である。それは有機体における生命と同じである。科学から哲学を取り去ってみよ。あとに残るのはなにか。土と空気と水である。

*63*

人間という存在は、ひとつの滑稽役である。

(10)　錬金術において、すべてを溶解する溶剤の名称で、完全な溶解にいたるまで一哲学月(四十日)を要するとされ、それゆえ menstruum(一カ月)という。この用語は化学へ取り入れられ、固体が溶解して新しい結合を生み出すための溶剤を指すようになった。ノヴァーリスは新たな結合を生み出すという点に、化学のユートピア的な要請を見ている。

(11)　レッシングの『賢人ナータン』(一七七九)の登場人物ナータンが参考になろう。

*64*　わがドイツの旧《ふる》い国民性は、わたしが思うに、真にローマ的であった。わたしたちは、まさしくローマ人と同じ道をたどって成立してきたのだから、当然の話である。だとすれば、〔神聖〕ローマ帝国という名称は、ほんとうに気のきいた、意味深い偶然ではないだろうか。ドイツはローマだというのは、国としてである。国とは、いくつかの庭園をもったひとつの大きな町である。カピトールの丘は、なんなら、ガリア人を見た鵞鳥の鳴き声⑿にしたがって定めてもいいだろう。ローマ人の本能的な普遍国家的な政治と傾向は、ドイツ国民のなかにも認められる。フランス人が革命で獲得した最良のものにも、ある程度のドイツ性が見受けられる。

*65*　裁判所、劇場、宮廷⒀、教会、政府、公の会議、大学や教授団などは、いわば国家という神秘的な個体の特殊な内臓器官である。

*66*　人生で起きる偶然はみな、わたしたちが自分の欲するものを作り出すための材料となる。精神の豊かな人は、人生から多くのものを作り出す。徹底して精神的な人にとっては、どんな知遇、どんな出来事も、無限級数の第一項となり、果てしない物語《ロマーン》の発端となる。

*67*

高貴な商人精神、真の大商業が花と栄えたのは、中世と、とくにまたドイツ・ハンザ同盟の時代だけである。メディチ家とフッガー家は、商人の鑑であった。わたしたちの時代の商人は、最も大きな商人も含め、おしなべて小商人にすぎない。

*68*

翻訳は、文法的か、改作的か、神話的かのいずれかである。神話的翻訳が、最高の様式の翻訳である。それは、一個の芸術作品の純粋にして完全な性格を描き出す。それがわたしたちに与えるのは、実在する芸術作品ではなく、その理想形なのだ。わたしが思うに、このような神話的翻訳の完全な模範はまだ存在しない。だが、芸術作品に関する諸々の批評や記述の精神のうちには、そのあきらかな痕跡が認められるのである。そうした翻訳のためには、詩的精神と哲学的精神があふれんばかり豊かに渾然一体となった頭脳を要する。ギリシア神話も、一部は国民宗教のそうした翻訳なのだ。近代の聖母像も、そのような神話のひとつである。

(12)　伝説によれば、前三九〇年、ガリア人がローマを襲撃した際、カピトールの丘の番兵は眠りこけていたが、鵞鳥の鳴き声で目を覚まし、ここだけは占領を免れたという。
(13)　超越論的自己とアナロジカルに、国家の絶対的理念、もしくは精神を表わす。

文法的翻訳とは、通常の意味での翻訳である。これには該博な学識が必要だが、あとは論述能力さえあればこと足りる。

改作的翻訳は、真正のものであるべきなら、最高度の詩的精神を必要とする。この翻訳は、ビュルガー[14]の弱強格《イアンボス》のホメロス訳や、ポープ[15]のホメロス訳、あるいは総じてフランス語による翻訳のように、曲解になりやすい。この種の本物の翻訳者は、じっさいに芸術家そのものでなければならず、作品全体の理念を自在かつ的確に示すことができなければならない。かれは、作者の作者であり、自分の理念と作者自身の理念に同時にしたがって、作者に語らせることができなければならない。人間の守護霊と個々の人間の間にも似たような関係がある。

たんに書物だけではなく、あらゆるものが、この三通りの仕方で翻訳できるのである。

*69*

極度の苦痛のさなかに、ときとして感覚の麻痺が生じることがある。魂はくずおれる。ついで、死ぬほどの悪寒に襲われ、思考力のたがは外れ、この種の絶望につきものの機知が次から次へと弾け出す。もはやなにものにも愛着がなくなり、人間は、破滅的な権力のように孤立する。自分以外の世界と結びつくことなく、次第にわれとわが身を蝕んでいく。そして、その原理から言って、人間嫌い《ミザントロープ》となり、神《ミ》を厭《ソテ》う者《オス》となる。

70　わたしたちの言語は、機械的か、原子的か、力学的かのいずれかである。しかし、真に詩的な言語は、有機的で、生きたもののはずである。いくつかの観念を**一挙に**言い当てようとして、いかにしばしば言葉の貧困を痛感することか。

71　詩人と祭司は、その初めは**ひとつ**であった。ただ後代になって分けられたにすぎない。しかし、真正の祭司がいつの世にも詩人であったように、真正の詩人はつねに祭司であったのである。そして未来は、こうした昔日の状態をふたたびもたらしてくれるのではないだろうか。

(14)　ドイツの詩人ゴットフリート・アウグスト・ビュルガー(一七四七―九四)は、本来ヘクサメーター(六歩格)のホメロスの『イリアス』をイアンボス(弱強格)で訳した。

(15)　イギリスの詩人アレグザンダー・ポープ(一六八八―一七四四)はホメロスの『イリアス』と『オデュッセイア』を英雄叙事詩的二行連句形式で翻訳した。

*72* 文書は国家の思想であり、文書保管庫《アルヒーフ》はその記憶である。

*73* わたしたちの感覚は、洗練されていくにつれ、個体識別の能力も高まっていく。最高の感覚とは、固有の本性を感知する最高の感受性のことであろう。これに対応するのが個体確定の才能であるが、その技巧とエネルギーは相対的なものである。意志がこの感覚に関わってくると、諸々の個体に対する好悪ふたつの熱情が、すなわち愛と憎しみが生まれる。自分自身の役割を見事に演じることができるのは、この感覚が、理性の支配のもとで自己自身に向けられることによる。

*74* 真の宗教心にとって、わたしたちを神と結びつける中間項ほど不可欠なものはない。人間は、神と直接の関係に立つことは絶対にできないのである。この中間項の選択においては、人間はまったく自由でなければならない。その際、いささかでも強制が加われば、その人の宗教は傷つけられる。選択はその人の特性を示すものであり、したがって、教養人はほぼ同じような中間項を選ぶだろうが、教養を積んでいない人は、通常、偶然のきっかけからこれを決めると思われる。だが、そもそも自由に選択できる人はごくわずかしかいないので、いくつもの中間項が、さらに世

にひろまっていくことになるだろう——偶然によるにせよ、連想によるにせよ、あるいは、特に流布しやすいものであるにせよ。このようにして、いくつもの地方宗教が生まれるのである。人間が自立心をもつにつれて、中間項の数は減り、その質は醇化されていく。そして人間の中間項に対する関係は、呪物、星辰、動物、英雄、偶像、神々、ひとりの神人というぐあいに、だんだんと多様になり、だんだんと洗練されていく。これらの選択がいかに相対的なものであるかは一目瞭然で、いつの間にか、宗教の本質は仲保者の性質いかんにあるのではなくて、もっぱらその仲保者をどう見るか、仲保者とどう関係するかにあるのだという考えを抱かされることになる。

もしわたしが、この仲保者をじっさいに神そのものと見るならば、それは、広義の偶像崇拝となる。もしまったく仲保者を認めなければ、それは非宗教となる。そのかぎりおいて、迷信や偶像崇拝、不信仰、あるいは、古代ユダヤ教もそう呼んでいいと思うが、人格神論も、ともに非宗教である。これに対し無神論は、そもそもいっさいの宗教の否定にすぎず、したがって宗教とはなんの関係もない。真の宗教は、かの仲保者を仲保者として認め、それをいわば神性の器官、神性の感覚的顕現とみなすのである。この点からすると、ユダヤ人は、バビロン虜囚時代に真の宗教的傾向を、宗教的希望を、来たるべき宗教への信念を得たのだと言える。この信念が、驚嘆すべき仕方でかれらを根底から変え、そして、実に驚くほど不変のまま、かれらを今日まで存続させてきたのである。

しかし、さらに立ち入って考察してみると、真正の宗教は、二律背反的に汎神論と一神論とに分けられるように思われる。ここでわたしは、勝手ながら、汎神論を普通の意味にとっているのではなく、あらゆるものが、わたしがそれを高めることによって、神性の器官、すなわち仲保者になりうる、という考えに解しているのである。逆に、一神論とは、わたしたちにとって神性の器官はこの世に**たったひとつ**しかないという信念を表わすものだということである。この唯一のものだけが仲保者の理念にかない、それを通じてのみ神の御声が聞き取れるのであって、ゆえにわたしは、自分自身によってそれを選択するべく強いられる。というのも、こういう信念がなければ、一神論は真の宗教とは言えないからである。

汎神論と一神論は、一見相容れないようにみえるが、もし一神論の仲保者を、汎神論の中間項世界の仲保者とし、いわばその仲保者によってこの中間項世界に中心点を与えてやり、そうやって双方が、それぞれのやり方で、たがいに必要としあえば、両者の統合は成し遂げられるのである。

以上から、祈り、もしくは宗教的想念は、三段階で上昇していく不可分の抽象、あるいは措定から成り立っていると言える。どんな対象も、宗教的な人間にとっては、ローマの鳥占官[16]の意味で、神殿となりうる。この神殿の霊（精神）こそが、遍在する大祭司であり、ひとり神性と直接の関係に立つ一神論の仲保者なのである。

**75**

いっさいの永遠なる結合の基盤となるのは、あらゆる方向に向かおうとする絶対的な傾向である。教階制度《ヒエラルヒー》や、真正のフリーメーソンや、真の思想家たちの見えざる同盟などの力は、これにもとづいている。ローマ人が皇帝の出現以前に実現しかけた普遍共和国の可能性も、ここにひそむ。この結合の基盤は、まずアウグストゥス帝によってうち捨てられ、ハドリアヌス帝によって完膚なきまでに破壊された。

**76**

国家第一の官吏たる政治的統率者[17]は、ほとんどつねに、社会ないしは国民の統一に必要な、あの人間性の守護霊の代理人と混同されてきた。国家にあってはいっさ

(16) 古代ローマの神官である鳥占官は、一本の占杖の示す場所を四角に囲い、そこで鳥の飛び方や稲妻の走り方を見て神意を占った。この四角く囲われた場所が templum と呼ばれ、Tempel/temple（寺院、神殿）の語源となった。

いが儀式であり、国民の生活は演劇である。したがって、国民の守護霊も眼に見えるものでなくてはならない。この眼に見える守護霊は、千年王国におけるように、わたしたちの働きかけがなくとも立ち現れるか、または、公然もしくは暗黙の合意によって、全員一致で選ばれるかのどちらかである。

たいていの君主は、本来は君主でなく、通常は、多かれ少なかれ時代の守護霊の代理人の一種であったし、また、政治は、当然ながら、たいていの場合、臣下の手中にあったということは、否めない事実である。

人間性の守護霊の完全なる代理人とは、真正の祭司や、本来の詩人であると言っていいだろう。

*77*

わたしたちの日常生活は、ひたすら持続し、たえず反復される業務から成り立っている。習慣のこうした循環は、ある主要な手段のための手段、すなわち、さまざまな生存の仕方が混在したわたしたちの地上的生活一般のための手段にすぎない。俗人[18]は日常生活を生きるだけである。その主要な生活手段こそが、かれらの唯一の目的であるように思われる。かれらが為すことはすべて、現世の生活のためである——実際そう見えるし、また、かれら自身の語る言葉からしてもそう思わざるをえない。ただ必要に迫られたときだけ、かれらは生活に詩をもちこむが、それというのも、ともかくかれらは、日常の流れのなかになんらかの休止を置くことが習慣となっているからである。通常、この休止は七日ごとになされる。だから、詩的七日熱と呼んでもいいだろう。日曜日は仕事が休みとなり、普段よりは少しばかりましな生活をする。そして、この日曜日の熱狂は、ほかの日よりいくらか深い眠りでもって終息する。そのせいで、月曜日にはまた、万事がいつもよりてきぱきと行われるのである。かれらの娯楽《バルティ・ド・プレジール》は、型どおりの、ありふれた、当世風のものでなければならない。だが、かれらはそのお楽しみ事すら、万事がそうであるように、勤勉に、形式的にこなしていくのである。

(17) 総司令官と行政官が君主個人において結合している姿は、この時代ではプロイセン王のフリードリヒ二世(在位一七四〇―八六)に体現される。このような国家に対するノヴァーリスの批判は、『信仰と愛』に見られる。

(18) 原語は Philister。マルティン・ルターによる聖書のドイツ語訳において、イスラエルの敵ペリシテ人を表わすために用いられた語。十六世紀後半から十七世紀にかけての神学論争においては、自分たちの教養の敵対者に対して用いられた。十七世紀にこの言葉は学生用語となり、学生でない一般市民を指して言うようになり、やがてゲーテの『若きウェルテルの悩み』(一七七四)で際立たせられているように、詩的で繊細な感性をもち、社会にうまく適応できないような人間の対極にいる現実的・日常的な人間を指すようになった。

俗人が詩的生活の最高段階に達するのは、旅行や、結婚式や、幼児洗礼式や、教会にいるときである。ここでは、どんなに大胆な願望も満たされるし、ときには願った以上のものが叶えられることもあるのだ。

俗人のいわゆる宗教は、阿片と同じ作用をもつだけである。すなわち、刺激し、麻痺させ、弱さからくる苦痛を和らげる。朝晩の祈りは、朝晩の食事と同じく、かれらには必要不可欠のものであり、もはや手放すことはできない。凡庸な俗人は、天国の喜びというと、教会開基祭とか、婚礼とか、旅行とか、舞踏会の光景を思い浮かべる。洗練された俗人は、天国というと、美しい音楽と華やかな装飾がたくさんあって、平民には平土間の席が、身分の高い者には礼拝堂や上階席が設けられている豪華な教会だと思う。

なかでもいちばん質《たち》の悪いのは、革命家きどりの俗人である。お先走りの屑のような人間や、強欲な連中もこの部類である。

がむしゃらな利己心は、さもしい狭量さの当然の帰結である。目下沸き立っている話題が、低俗な手合いにとっては、最も興味をひかれる最高の話題なのだ。こういう連中は、こうした話題について、より高度な内容はなにも知りはしない。外的状況によってむりやり教えこまれた悟性が、このような愚鈍な主人に仕える狡猾な奴隷となり、もっぱら主人の欲望を満足させるために手を変え品を変え尽くしているのも、なんら不思議なことではない。

*78*　判断力が発見された当初は、新しい判断はどれもひとつの発見であった。この判断がさらに応用がきき、良い結果を生むものとなるにつれ、この発見の価値は、それだけいっそう高まった。今日ではひどく月並みに見える格言《センテンス》〔判断〕にも、その当時はまだ、並々ならぬ悟性の活動を必要としたのである。判断力というこの新しい道具を用いて新しい状況を見出すには、天賦の才と洞察力とを結集しなければならなかった。人間性の最も固有で、最も興味深く、最も普遍的な側面にこの道具が適用されると、とびぬけた賛嘆の声を呼び起こし、すぐれた頭脳という頭脳の注意をひきつけずにはいなかった。このようにして、あらゆる時代、あらゆる民族の間で、あれほど尊重されてきた格言の数々ができたのである。わたしたちの時代の天才的な発見も、時が経つにつれて似たような運命にさらされることになるのは、大いにありうることだろう。現在、道徳的格言がそうなっているように、すべてが月並みなものとなり、より崇高な新しい発見に向けて、休むことなき人間精神が取り組む時代も、きっとやってくるだろう。

79 法というものは、その概念からすると、実効性を有するものである。実効性のない法は、法ではない。法は因果的な概念であり、力と思想が混合したものである。それゆえ法は、法として意識されることはけっしてない。ひとつの法を考えるかぎり、その法はたんに一個の命題、すなわち、なんらかの力と結びついた一個の思想にすぎない。抵抗する思想、不撓不屈の思想とは、求め努力する思想であり、法とたんなる思想とを媒介するものである。

80 身体器官があまりに機敏に活動すると、地上の生活には危険なものとなろう。霊〔精神〕は、今の状況では、器官を破壊的に用いてしまうだろう。器官のある種の鈍重さは、霊〔精神〕のあまりに恣意的な活動をはばみ、地上の生活にふさわしい規則正しい協働へとうながす。霊〔精神〕にとってこれは不完全な状態である。それゆえ、この協働は、その原理から言って、期間限定なのだ。

81 法学は生理学に対応し、倫理学は心理学に対応する。法学と倫理学の理性法則を自然法則に変えると、生理学と心理学の根本法則となる。

**82**　協働の精神〔霊〕の遁走は、死である。

**83**　ほとんどの宗教体系において、わたしたちは神の手足だとみなされている。もし、全体者の掟に故意に背くというのではないにしても、全体者の強制に服従せずに、自分勝手な道を行ったり、手足であろうとしなかったりすると、神の診察を受け、痛い治療をほどこされるか、あるいは切除さえされてしまう。

**84**　特殊個別の刺激は、どれも、それに対応する特殊個別の感官が存在することを明かす。刺激は新しいほど違和感も増すが、それだけいっそう強烈なものとなる。一方、既知のものとなり、洗練され、多様なものとなるにつれ、刺激はだんだん弱く感じられるようになる。それゆえ、神についての最初の想念は、個人の全身全霊のうちに強烈な情動を引き起こすことになったのだ。哲学、人間性、宇宙万有などについての最初の観念も、同様であった。

**85**　あらゆる知識の最高に緊密な共同体、あるいは学問の共和国が、学者たちの高い目標である。

*86* 個別の学問と普遍的学問の隔たり、したがってまた学問相互の序列は、個々の学問が有する原理の数で測られてはならないのではないか。原理の数が少なければ少ないほど、その学問は高次のものとなる。

*87* 通常、自然物より人工物のほうが理解しやすい。複雑なものより単純なもののほうが、理解するのにより多くの精神を必要とするのだ。もっとも才能はあまりなくてもかまわない。

*88* 道具は、人間を補強するものである。あるいはこうも言えよう――人間は世界の作り方は理解しているが、ただそれに必要な装置、すなわち、人間の感官という道具にみあう補助器具が欠けているのだと。端緒はもう開かれている。たとえば、軍艦の原理が造船技師の頭のなかにある場合がそれであるが、かれは、多くの人間と必要な道具と資材があれば、これらすべてを使って、自分をいわば一個の巨大な機械とすることにより、この頭のなかの考えを具体化できるのである。このように、

一瞬浮かんだ想念が、巨大な器具《オルガン》や、膨大な量の資材を要求することもしばしばあった。だから、人間は、現実《アクトゥ》にはそうでなくとも、潜在的《ポテンツィア》には創造者なのだ。

**89**　接触が生じるたびにひとつの実体が生じ、接触がつづく間、その実体の作用は持続する。これが、個体のあらゆる統合的変化の根拠となる。だが、接触には、一方的なものと相互的なものとがあって、前者が後者の根拠となる。

**90**　もともと無知であれば、それだけいっそう知識の受容力は大きくなる。新しい認識はどれも、ずっと深く、ずっといきいきとした印象を与える。これがはっきりと認められるのは、なんらかの学問に手を染めたときである。過度の研究のせいで知識の受容力が失せてしまうのも、そのためなのだ。これは初心の無知とは反対の無知である。前者は認識の欠如からくる無知であり、後者は認識の過剰に由来する無知である。後者は懐疑主義の徴候をおびるのがつねである。だが、それは、わたしたちの認識能力の間接的な弱さからくる似而非《えせ》懐疑主義なのだ。素材の塊を穿ち、一定の形にして、これに完全に生命を与えるということができない、つまり、造形力が不足しているのである。若い頭脳や、夢想家の発明の才、才気煥発な初心者や素人が、思わぬ妙手を見せるのは、以上のことから容易に説明できるのである。

**91** いくつ世界をうち立てようと、さらなる深みへ向かう意《こころ》は満たされぬ

だが、努めてやまぬ精神も、愛やどる胸により満たされる。

**92** わたしたちは、宇宙万有のあらゆる部分に対して、また、未来や過去に対して、さまざまな関係に立っている。その関係のうちのどれをとくに発展させていくのか、自分たちにとってどれをとくに重要で、有効なものとしていくのかは、もっぱらわたしたちの注意力をどこに向け、どれほど長続きさせるかにかかっている。この操作の真の方法論は、長いこと待ち望まれていたあの発明術にほかならないであろう。いや、もしかしたらそれ以上のものかもしれない。人間は、時々刻々、こうした諸法則にしたがって行動しているのだから、天才的な自己観察によってこの法則を発見する可能性は、たしかにあるのだ。

**93** 歴史記述者は、諸々の歴史的事象を有機化する。歴史資料は素材の塊であり、歴史記述者がこれに生命を吹き込んで、形式を賦与するのである。つまり歴史も、生

命賦与と有機化一般の諸原則にしたがうのであって、この原則が見出されないうちは、真の歴史像は形成されず、無自覚な天才が采配をふるった偶然の生命賦与の痕跡が、ところどころに見られるにすぎない。

*94*

従来、ほとんどすべての天才は一面的であり、病的な体質がもたらす結果であった。外的感覚が過剰な類の天才もいれば、内的感覚が過剰な類の天才もいた。この両者間に、均衡、すなわち完全な天才的資質が、自然に生まれることはまれだった。ときには諸々の偶然によって完璧な均衡が生み出されることもあったが、精神がこれをとらえて定着するということがなかったので、持続しなかった。均衡が生じるのは、ただ幸運な瞬間のことにすぎなかったのである。自己自身に貫徹した最初の天才は、ここに、測りしれない世界の典型となる萌芽を見出した。かれは、ひとつの発見をしたのだが、それは世界史上最も注目すべきものであったにちがいない。というのも、この発見とともに、人類のまったく新しい時代の幕が切って落とされ、この段階においてはじめて、あらゆる種類の真の歴史が可能となるからであり、これまで歩んできた道が、いまや完全に説明可能な、一個の独自な全体となるからである。世界の外なるあの場所が与えられたのであり、いまこそアルキメデスは、あの約束⑲を果たすことができるのだ。

**95** 抽象化する以前は、いっさいは一であるが、それは混沌《カオス》のごとき一である。抽象化の後では、ふたたびいっさいは一に統合されるが、この統合は、独立した自律的存在者の自由な結合である。群れからひとつの社会が生まれ、混沌は一なる多様な世界へと姿を変えたのだ。

**96** この世界が、いわば人間の本性の沈澱だとすれば、神々の世界は、その昇華である。この二つは同時《ウノ・アクトゥ》に起こる。昇華がなければ沈澱もない。一方では身軽さが失われ、他方ではそれが増す。

**97** 子供たちのいるところ、そこに黄金時代がある。

**98** 自分自身と見えざる力からの保護が、従来の宗教的国家の基盤であった。

**99** 接近の過程は、漸進的な前進と後退から成り立っている。この前進と後退の双方が、速度を緩めたり早めたりして、目標へ向かっていく。小説においても、作者は、ときには目標に近づき、ときにはまた遠ざかるように見えたりするが、最も遠ざかったように見えるときが、いちばん近づいているのである。

*100* 犯罪者は、苛酷で非人間的な扱いを受けても、不当だと言って文句をつけるわけにはいかない。かれの犯罪は、暴力の国、暴虐の国への入国だったのだ。この暴力の世界には、節度も均衡もない。だから犯罪者には、その報いが釣合いを欠いているのではと、不審がることはできないのだ。

*101* 寓話は、原型的世界の物語をふくんでおり、過去、現在、未来を包含する。

*102* 精神によって聖化されれば、真正の書物はいずれも聖書となる。しかし、書物が書物のために書かれることはごくまれである。精神が貴金属にひとしいものとすれば、たいていの書物は品位の劣るエフライム貨(20)である。もちろん有益な書物である

(19) アルキメデスは、「わたしに立つ場所を与えてくれれば、道具(梃子)を使って地球を動かしてみせる」と言ったという。

以上、どれも、少なくともしっかりとした合金でなければならない。貴金属は、純粋なままでは、日々の暮らしには用いることはできないのだ。真の書物の多くが、アイルランドの金塊のような扱いを受けている。この金塊は、長いこともっぱら秤の分銅として使われているのである。

**103** 見かけよりずっと長い書物というのが、少なくない。じっさい終わりがないのだ。それが引き起こす退屈さときたら、まったく比較を絶して、果てしがない。この手のよい見本が、ハイデンライヒ、ヤーコプ、アービヒト、ペーリッツ[21]といった先生方である。ここには一株《ストック》あるだけだが、だれしもがこの種の知人の名を挙げて、これをどんどん増やすことができる。

**104** 革命を擁護する反革命的な本がたくさん書かれた。だがバークは、革命に反駁する革命的な本[22]を書いた。

**105** 革命を観察していた者のほとんどが、とりわけ賢明な方々、お上品な方々が、これを、生命を脅かす伝染病だと言明した。かれらは、うわべの症状だけを見て、手あたり次第にそれを混ぜ合わせ、そう診断を下したのだ。たんなる風土病にすぎないとみなした者も少なくなかった。いちばん天才的な反対論者は、去勢せよと主張した。おそらくかれらは、このいわゆる病気が、思春期の初めに特有の危機にほかならないと感知したのだろう。

*106*

真に偉大な人間と同時代人であるというのは、なんと望ましいことではないか！　だが、現今の教養あるドイツ人の大多数は、そうは考えない。かれらは繊細すぎて、偉大なものはみな否定し去り、平準化の方式を遵守する。もしコペルニクスの地動説があれほど確固たるものでさえなければ、太陽や星をまたもや鬼火だとし、地球を全宇宙だとみなすほうが、かれらにとってはまことに居心地がいいことだろう。

(20)　七年戦争中(一七五六―六三)に、プロイセンでイッツィヒとエフライムによって鋳造された品位の劣る貨幣に対する蔑称。

(21)　カール・ハインリヒ・ハイデンライヒはカント学者で、ライプツィヒ大学の哲学教授。ルートヴィヒ・ハインリヒ・ヤーコプはカント学者で、ハリコフ大学の哲学と政治学の教授。ヨーハン・ハインリヒ・アービヒトはエアランゲン大学の哲学教授。カール・ハインリヒ・ルートヴィヒ・ペーリッツはドレスデン士官学校の道徳と歴史学の教授。

(22)　エドマンド・バークの『フランス革命についての省察』(一七九〇)を指す。

それゆえ、いま、詩の精神の地上における真の代理人であるゲーテでさえも、日常的な暇つぶしを期待する気持ちを満足させなかったり、一瞬でも、自分自身に対して戸惑わせたりすると、あらんかぎりのひどい扱いを受け、軽蔑の眼で見られたりするのである。こういうあからさまな心の弱さを示す興味深い徴候が、ゲーテの『ヘルマンとドロテーア』(23) の一般における反応である。

107 地質学者は、地球の物理的重心はフェズ(24)とモロッコの間にあると信じている。人間学者であるゲーテは、『マイスター』(25) のなかで、知的重心はドイツ国民のもとにあると述べている。

108 これまで人間を描くことができなかったのは、人間とはなにかがわかっていなかったからである。人間とはなにかがわかって、個々人についても、真に生成発展において描けるようになるだろう。

109 追想や予感、あるいは未来を思い描くことほどに、詩的なものはない。過去の思い出の数々は、わたしたちを死へ、消滅へといざなう。未来を思い描くと、活性化へ、短縮へ、同化作用へと駆り立てられる。それゆえ、思い出はみな物悲しく、予感はみな喜ばしい。思い出は過大な活力をおさえ、予感は微弱な生命力を高める。ふつうの現在は、過去と未来に制限を加えて、これを結びつける。つまり、両者の接触が起こり、凝固によって結晶化が起きるのだ。しかし、両者を溶解して同化する精神的現在というものがあって、この融和状態が、詩人の元素であり、気圏となるのだ。

*110* 人間界は、神々の共同器官である。詩《ポエジー》は、われわれと同様、神々をも結びつける。

*111* 外界を顧慮してもまったく動じないものは、平静そのものに見える。どれほど多様に姿を変えようと、外界との関係ではつねに平静なままである。この命題は、あ

(23) 一七九七年に刊行された叙事詩形式の作品で、ドイツの純朴な青年ヘルマンと、フランス革命によって国を追われてきた少女ドロテーアの出会いと結婚までを、新たな市民的道徳を称揚しながら描いた。ノヴァーリスはここで、この作品が一般読者から当初受けた冷たい反応を批判している。

(24) モロッコ王国北部の内陸都市。アラビア語では「ファース」。

(25) ゲーテの『ヴィルヘルム・マイスターの修業時代』(一七九五―九六)のこと。画期的な市民小説として、ノヴァーリス、F・シュレーゲルなど、ドイツ初期ロマン派にも多大な影響を与えた。

らゆる自己変容に当てはまる。美があれほど平静に見えるのは、それゆえなのだ。美しいものはすべて、自己照明され、完結した個体なのである

*112* 人間の姿かたちは、みな、それを観察する者のなかにひそむ個性の芽に、生気を吹き込む。それによって、この観照は終わりなきものとなり、汲みつくせぬ力の感情と結びつき、それゆえに絶対的な生気の吹き込みとなる。自己自身を観察することで、わたしたちはみずからに生気を吹き込む。

眼にも見えれば感じることもできるこういう不死性がなかったならば、わたしたちは、真に思考することはできないだろう。

地上的な身体の形象は、内在する霊〔精神〕の表現体や器官としてはあきらかに不十分であるが、この不十分さの知覚こそが、固定化を排して前進する思考そのものなのだ。こういう思考が、あらゆる真の思考の基盤となり、知性の進化をうながすきっかけとなる。すなわち、知性的世界を仮定せよ、個々の精神の表現体や器官から成る無限級数、その指数、もしくは根が、精神の個性を示すような無限級数を仮定せよと、わたしたちに迫るものとなるのである。

113 体系というものは、狭隘であればあるほど、世故に長《た》けた者のお気に召すらしい。唯物論者[26]たちの体系や、エルヴェシウス[27]やロック[28]の学説が、この手の人びとの間で最大の喝采を博したのは、そのためである。だから、いまでも相変わらずカントのほうが、フィヒテよりも多くの信奉者を見出せるのだろう。

114 書物を書く術はまだ発明されていない。だが、今まさに発明されようとしている。ここに記したような断章は、文学的な種子である。もとより発芽しない粃《しいな》もかなり混じっているだろう。だが、ほんの二、三粒でも、芽を出してくれればよいのだ！

(26) 物質を意識にとって根源的なものとみなす世界観で、観念論の対極にある。古代ギリシアのデモクリトスらの原子論から、フランシス・ベーコン、ホッブスら、およびディドロ、ラ・メトリらまでの物質一元論的世界観があげられる。

(27) クロード＝アドリアン・エルヴェシウス（一七一五―七一）はフランスの百科全書派の哲学者で、唯物論的な心理学、社会学を展開し、社会秩序を個人の功利主義的な欲望と関心とに結びつけようとした。これは啓蒙主義的な政治論に対するロマン主義の批判の動因ともなった。

(28) ジョン・ロック（一六三二―一七〇四）は、イギリスの哲学者・政治思想家。『人間知性論』により、イギリス経験主義の端緒を築いた。政治論では、政府は個々人の自然権を守るために、人びとの合意により設立されたもので、その改廃は国民の手中にあると説いた。フランス革命やアメリカの独立に影響を与えた。

# 補　遺

〔「アテネウム」誌に掲載された断章集『花粉』のもととなった「さまざまな覚書」のうち、『花粉』に採り入れなかったものを記す。番号は「さまざまな覚書」のもの。また［　］の番号は、『花粉』の同番号の断章のなかに採り入れられていることを示す。〈　〉が付されたものは、原稿で線引き抹消されたものである――訳者〕

***5***　精神は、永遠の自己証明を行う。

***11***　死は、ひとつの自己克服である――自己克服は、あらゆる自己超克と同じく、ある新たな、より軽やかな存在を獲得させる。

***12***　日常的なものや月並みなものにこれほど多くの力と緊張を要するのは、もしかしたら、本来の人間にとっては、目立ったところのない日常性ほど非日常的なもの

——月並みでないもの——はないからではないか。

……[11]……自分自身についての無知——自分自身からの遊離——から、ここに、それ自体不可解な理解し難さが生じてくる。

***16*** 夢を見ている夢を見るとき、目覚めは近い。(29)

***21*** 真に規範に適った人間の生は、徹頭徹尾、象徴的でなければならない。この前提のもとでは、どんな死も贖罪の死ではないだろうか。——多かれ少なかれ、そう言えるだろう——このことから、きわめて注目すべき結論がいくつか引き出せるのではないだろうか。

***22*** 求める者は、疑いを抱くだろう。しかし、天才は、自分の内部で生起していると知るや、それを、堂々と確信をもって語る。というのも天才は、自分の表現にとらわれず、ゆえにまたその表現もとらわれがなくて、観察と観察された対象とが自由に調和し、自由に統合されて、一個の作品になるように見えるからである。われわれが外界のことを話し、現実の対象を叙述するときは、天才と同じように

行う。だとすると……〔21〕……。

天才性がなければ、そもそもわたしたちはみな存在していない。天才〔天賦の才〕はあらゆるものに不可欠なのである。しかし、ふつう天才と呼ばれているものは、天才〔天賦の才〕の天才である。

***24*** 人間は、行きづまると、断定的な言葉か、力ずくの行為——即断——によって、打開をはかる。

***29*** わたしがある著者を理解したと言えるのは、わたしがかれの精神においてふるまうことができ、かれの個性を縮減せずに翻訳し、多様に変化させることができた場合のみである。

(29) ドイツ初期ロマン派の一世代上の作家カール・フィリップ・モーリッツ(一七五六—九三)は『アンドレアス・ハルトクノプフ』(一七八六)において「わたしはよく、ひとつの夢から覚め、その夢について夢のなかで深く考えるという夢を見たのです。——そして目覚めたとき、わたしは両方の夢について深く考えることができました。——その夢は、最初の夢よりずっと明瞭なため、一種の目覚めでもありました」と述べている。

*30* ……〔29〕……〔40〕……高次の圏域における魔術的な色彩の戯れとしか言えないような類の機知もある。……〔40〕……〔30〕

*31* 〈機知に富んでいる〔geistvoll 精神／霊に満ちた〕とは、精神〔霊〕がそこにたえず顕現する――少なくとも、しばしば新たに姿を変えて、ふたたび立ち現れる――ことを言う――たとえば、多くの哲学体系の場合のように、たった一度だけ――最初だけ――顕現するのではない。〉

*49* 現世の生を眺めるための超越論的観点が、わたしたちの行く手に待ちかまえている――その観点に立ってはじめて、現世の生がほんとうに興味をひくものになるだろう。

*55* 天才的な明察力とは、明察力を明察的に使用することである。

*66* ドイツ人は、いたるところに存在する。ローマ精神やギリシア精神、大英《ブリタニア》精神

と同じく、ゲルマン精神も、特定の一国家に限定されないものなのだ――これらのものは人間の普遍的性格であり――ただ時と場所によって、とりわけ普遍的になっただけである。ドイツ性とは真の民衆性であり、それゆえ、ひとつの理想なのである。

*75*

……[76]

歴史にはこれに属する興味深い事例がたくさんある。たとえば――インドのいくつかの地方では、将軍と祭司は区別されているが、将軍のほうが副次的な役割を演じていた。

祭司は、われわれを惑わしてはならない。……[71]……[76]

*105*

〈シュレーゲルの著作は、抒情詩風の哲学論考である。かれのフォルスター論とレッシング論(30)は、すぐれたマイナス文学(31)であり、ピンダロス(32)の頌歌に似る。この抒

(30) フリードリヒ・シュレーゲルの評論で、前者は、『世界周航記』や、『シャクンタラー』の翻訳で知られるゲオルク・フォルスターについてのもので、「芸術のリュツェウム」誌の第一巻第一部(一七九七)に、レッシング論は同誌の第一巻第二部に掲載された。

情詩風の散文家は、論理的な寸鉄詩《エピグラム》も書くだろう。すっかり生に酔い痴れたときには、酒神讃歌《ディテュランボス》(33)を書くこともあろうが、もちろんこれは、酒神讃歌として鑑賞され、評価されねばならない。芸術作品というものは、半ばまでは陶酔していてもいい――だが、すっかり陶酔しきってしまうと、芸術作品の態をなさなくなる――人間が動物に堕してしまうのだ――動物の特性は、酒神讃歌的な忘我の熱狂にあるのだから。動物は生命の過剰――植物は生命の不足である。人間は自由な生命である。〉

106 〈ヘムステルホイス(34)は、往々にして論理的なホメロス風を示す。〉

107 〈ゲーテの哲学論考は、真に叙事詩風である。〉

109 個体はいずれも、流出論(35)の体系の中点である。

110 ……[102]……わたしたちの書物は、学者たちが流通させている非公式の紙幣である。現代のこの紙幣愛好が、書物を、しばしば一夜にして生育させる土壌となる。

112 非常に多くの著作には、著者の論理立てというか、いろいろと事実や経験が貼り付けられたあの塊が見られる。それは、きわめて注目すべき心的現象が寄り集まったもので——人間観察家にはこの上なく示唆に富む——無力性《アステニー》の体質や副次的炎症の痕跡がたっぷりとあるのである。

113 文芸評論家は、文芸の警察官[36]である。医者もこの警察官たちの一員をなす。だとすれば、作家たちに対し、たんに病気を探りだして、ほくそ笑みながらそれを摘発

(31) マイナス、プラスというのは、価値の評価を表わすものではなく、科学者で、アフォリズムでも著名なリヒテンベルク(一七四二―九九)が、電極にみられる対極性を類比的に文章に取り入れたことに倣い、古典文学をプラスとし、ダンテ以降の近代文学をマイナスとみなすものである。

(32) 古代ギリシアの抒情詩人。オリンピック競技会の勝者を褒め讃える頌歌がとくに有名。その詩の自由律が現代的な詩形とされ、クロプシュトック、若きゲーテ、ヘルダーリンなど、十八世紀ドイツ抒情詩界で高く評価されるようになった。

(33) 元来は、酒神にして演劇神であるディオニュソスを讃えて歌われる法悦に満ちた合唱歌。

(34) フランツ・ヘムステルホイスはオランダの哲学者。ノヴァーリスに「ヘムステルホイス研究」ノートがあり、「詩」「道徳」「愛」「器官」などの概念について、大きな影響を受けている。

(35) ここではとくに、新プラトン主義のプロティノスが唱えたもので、根源的一者から段階的に多なる世界が流出し、生み出されたとする説を示す。

するのではなくて、芸術にふさわしく、薬剤や手術によって治療をほどこすような批評誌があってしかるべきだろう。従来の治療法は、そのほとんどが野蛮なものであった。

真の警察は、現にある悪〔病気〕に対してたんに防御的になったり、攻撃的になったりするのではなく——病的な体質を改善するべく努めるものである。

114 〈「一般文芸新聞」[37]は、現世の富に執着するあまり、ひたすらできるだけ長生きしようと努めている人びと向きである。フーフェラントの『長寿法』[38]は、「一般文学新聞」と同じ発行元によって、とうの昔に実践されている。当初は、つぎつぎと新しい観念を相手に放蕩三昧に明け暮れた。だが「一般文芸新聞」は、もともと虚弱体質だった。カントの諸概念を長いこと使用したのがもとで、ひどく身体を壊してしまった。現在は、以前より用心深くなって、精進料理をとり、強い酒はめったに口にせず、天気の良し悪しにしたがい、フーフェラントのあの大評判の中庸主義にのっとって、現世の黄金の夢をできるだけ長く見つづけようと努めている。〉

120 〈この種の断章を、字義どおりに受け取ろうとする人は、尊敬に値する人物であろう――ただ、そういう人は、詩人だと自称してはならない。いったいひとはつねに慎重でなければならないものだろうか。熱狂するには歳をとり過ぎている者は、若者たちの集いは避けたほうがよい。いまこそ文学的サトゥルヌス祭(39)のとき――生は、多彩であればあるほど、いっそう素晴らしいものになるのだ。〉

*122*　〈多数者がことを決するところでは――力が形式を支配する――少数者が優位に立つところでは、その逆となる。〉

(36)　フリードリヒ・シュレーゲルの「リュツェウム断章」に「自分の小さな著書を、まるで大巨人のように見てもらいたいかのように触れ回る中程度の作家には、文芸の警察が必要であろう」とある。ノヴァーリスの断章はこれに対する批判ないし補完であろう。

(37)　一七八五年からクリスティアン・ゴットフリート・シュッツ(一七四七―一八三二)によって発行された文芸評論紙。当時最も有名な文芸評論紙であったが、ワイマール古典主義の側に立ち、初期ロマン派を非難・揶揄することが多く、ドイツ初期ロマン主義者はこれに反発するなかで、みずからの立場をより鮮明にしていった。この断章にもその萌芽がうかがえる。

(38)　クリストフ・ヴィルヘルム・フーフェラント(一七六二―一八三六)はイェーナ大学の医学の教授で、『長寿法、または人間の生命を引き伸ばす方法』(一七九七)を著し、評判となった。

(39)　古代ローマにおける祭礼で、農耕神サトゥルヌスを称えるもの。酒宴や贈り物の交換がつきもので、身分の上下も取り払われた。

政治理論家のことを大胆だと非難するにはおよばない。君主制と——それこそ民主制とは、真の普遍国家の構成要素として、ひとつに統合される必要がないかどうか、また、それが可能ではないかどうかを試そうと思いついた者は、まだだれもいないのだから。

真の民主制は絶対的なマイナス国家[40]である。真の君主制は絶対的なプラス国家である。君主制の憲法は君主の性格である。憲法を保証するものは君主の意思である。

民主制は、通常の意味では、根本的には君主制と異なるものではないが、ただ、民主制では君主が多頭となるだけである。真の民主制はプロテスタンティズムであり——政治的な自然状態である——狭義のプロテスタンティズムが宗教的な自然状態であるのと同じである。

穏健な統治形態とは、半国家、半自然状態というもので——人工的な、大変壊れやすい機械であって——そのため、天才的な頭脳の持ち主はみなこれを非常に忌み嫌うが——わたしたちの時代のお気に入りとなっている。この機械が、もし生きた自律的なものに変えられうるならば、かの大問題も解決されるであろう。自然の恣意と人為的強制とは、精神のなかで溶解されると、相互に浸透しあう。精神はこの両者を液体と化すのである。精神はいつでも詩的〔創造的〕なのだ。詩的国家——これこそが真の、完全な国家なのである。

きわめて精神に富んだ国家は、おのずから詩的であろう——国家のうちで精神が増し、精神の交流がさかんになるにつれ、その国家は詩的な国家へと近づいていく——そうなれば、国民はだれしも、美しいものへの、大いなる個体への愛から、ますますいそいそと自分の要求を制限し、必要な犠牲を払おうとするようになる——国家のほうも、だんだんそういうことを必要としなくなり——国家の精神は、模範的な一個の人間の精神に——「できるかぎり詩的であれ」というたったひとつの掟だけをつねに唱えてきた人間の精神に——いよいよ似てくるのである。〉

*125* 〈真の読者は、拡大された作者でなければならない。読者は、下級審ですでに審理された事件を引きつぐ上級審である。作者が作品の素材をより分けるときの感覚は、読む際にも、ふたたびその書物の粗削りな部分と彫琢された部分とを選り分けるものとなる——もし読者が、その書物を自分の理念にしたがって加工するならば、次なる読者が、さらにこれを精錬するだろう。こうして加工された鉱石の塊は、く

(40) 注(31)を参照。

り返し精錬釜に入れられて、ついには、活動する精神の本質的な成分――構成部分――になるのである。

自分の書物を偏りのない眼で読み返すことにより、作者は、その書物をみずから精錬することができる。他の人間が読む場合、固有のものまでいっしょに失われてしまうのがふつうだが、それというのも、他人の理念に完全に入り込める才能はきわめてまれだからである。作者自身が読む場合ですら、よくそういうことがある。ある書物について、的確に難点を指摘したからといって、その人の教養や力量が作者よりすぐれている証しにはならない。印象が改まるごとに感覚もさらに鋭くなるのは、ごく当たり前の話である。〉

# 解　説

## 一　ノヴァーリスについて

一《ひと》もとの青き花よ
そが歌は苦患の夜の館に絶えることなく
――ゲオルク・トラークル「ノヴァーリスに」

わずか二十九年たらずで生涯を閉じたドイツ・ロマン派の詩人・思想家ノヴァーリスは、このトラークルの詩にもあるように、「青い花」という美しく鮮烈なイメージに導かれる小説『ハインリヒ・フォン・オフターディンゲン(青い花)』と、深い夜の世界に陶然と誘う長詩『夜の讃歌』によって知られ、つとに「ロマン主義」の精華と呼ばれた。それゆえに、かれを熱烈に讃仰する者があれば、一方、ハイネやブランデスなど、実証主義の十九世紀は「肺病やみの空想力」などと揶揄・非難の言葉を吐く。だが、「精神科学」なるものを基礎づけたディルタイは、「無際限に朦朧としたものだというこの半世紀にわたる批判を排して、科学的な方法でこの作家を研究すれば、ひとつの収穫になるだろう」(『体験と創作』一九〇五年)と言い、一九二〇年代にはベンヤミンがいち早く、ロマン主義者とは「醒めた人たち」だとし、ノヴァーリスを「ロマン派の天才」として、その詩学を「認識論的前提」から真摯にとりあげ(『ドイツ・ロマン主義における芸術批評の概念』一九二〇年)、またトーマス・マンはかれを「民主主義の保証人」(『ドイツ共和国について』一九二二年)と呼ぶなど、すぐれた批評家・作家の間でこの詩人の意義が見直されていく。

とりわけ、一九六〇年代から厳密なテクスト・クリティークの上に全集が刊行されだすと、哲学、宗教、政治、社会、詩、自然科学など、多岐にわたるテーマの深く鋭い省察、および、それらを統合的に捉えなおそうとするノヴァーリス独特の思想のありように強い関心が寄せられ、哲学的・理論的側面を論じる研究や、その先鋭な詩論や詩的イマージュの現代性を衝く文学的・美学的研究などが盛んになってきた。そうした精緻な専門的研究のほかにも、フェルナン・ブローデル、ミシェル・フーコー、ニクラス・ルーマン、ロラン・バルト、ジョルジョ・アガンベンなど、いわゆる「現代思想」のさまざまな場面でもかれの言説は取りざたされ、そのことが逆にまた、この詩人・思想家に新たな光を投げかけ、問題のさらなる深みへと読み手を引きずり込んでいっている。
この夭折の詩人が生き死にした一八〇〇年前後は、近代の直接的淵源とも言うべく、「啓蒙主義」、「産業革命」、「フランス革命」に刻印されるドラスティックな変動期であった。これにともなって、科学・技術の場面でも、旧来の説を覆す新たな発見・発明がなされている。こうした大変動期の諸問題を一身に引き受けるようにして思索と詩作を展開したノヴァーリスの生涯について、本書に関わるあたりを中心に、以下に見ておこう。

ドイツの中央部にひろがるテューリンゲンの森、その北側には広大なハルツ山地がひろがる。毎年、四月三十日から五月一日の夜にかけて魔女が集会を開くというあの「ヴァルプルギスの夜」の伝説で有名なブロッケン山を主峰に持つ山地である。その東麓のはずれ、マンスフェルト伯爵領にあるオーバーヴィーダーシュテット（現ザクセン＝アンハルト州）の城館でノヴァーリスこと、フリードリヒ・フォン・ハルデンベルクは生まれた。一七七二年五月二日、ヴァルプルギスの翌日のこと、洗礼名はゲオルク・フィリップ・フリードリヒ・フォン・ハルデンベルクであった。フォン・ハルデンベルク家というのは、その出自を十二世紀に遡る貴族で、本家はゲッティンゲンに

オーバーヴィーダーシュテットの城館

ほど近いネルテン（ニーダーザクセン州。城と子孫は現存する）にあるが、詩人の父親エラスムス・フォン・ハルデンベルク（一七三八―一八一四）はその分家筋の男爵であった。かれは、マンスフェルト伯爵領の銅・銀山管理や、ハノーファーの宮廷官房の仕事についたが、一七五六年に七年戦争が勃発するとプロイセン側でこれに従軍する。オーストリア、フランス、ロシアに対し、プロイセン、イギリス、ハノーファーが連合して戦ったこの戦争はドイツの東部を広く戦場とし、そのため辺り一帯の農村は荒廃し、一部貴族の没落は加速した。

　戦争が終わった翌年の一七六四年、エラスムス・フォン・ハルデンベルクは結婚するが、わずか五年で妻は天然痘で急逝する。戦禍の悲惨と妻の死という深い痛手に、かれは強い罪の意識と深い宗教感情を覚え、敬虔主義に帰依するようになった。敬虔主義とは、信仰と愛にもとづき、強く倫理的実践を求めるプロテスタント系の改革宗教で、十八世紀の前半からドイツに普及していたものである。ツィンツェンドルフ伯の率いるヘレンフート団に入門したかれは、詩人の母親となるベルンハルディーネを二度目の妻に迎えたのちも、毎日敬虔な祈りを欠かさず、極端なまでに悪徳を排する禁欲的な生活を実践し、家族で聖書を読むのを日課とした。ノヴァーリスことフリードリヒ・フォン・ハルデンベルクには、ほとんど終生、強い倫理観や敬虔主義的な宗教感情がつきまとうが、それは、ひとつにはこのような家庭環境のせいもあっただろう。

厳格な父親が、ひ弱で繊細な少年に期待を寄せなくなったのに対し、詩的な才能を持ったやさしい母親は、この長男にとって慰めの場であったらしい。十九歳のハルデンベルクは、おそらく少年期最後となる母への手紙に「あなたを思いだすときが、わたしの一番幸せな時です」と書いているが、母親と子供の間にはかなり親密な関係があったようである。F・キトラーは、作家を形成する〈母親－子供〉の親密な関係を『青い花』の「クリングゾールのメルヒェン」において意味深くえぐりだしている（『作家－母親－子供』一九九一年）が、たしかに『青い花』にはそんな心性史的伝記から読み取れるものが多々あり、いわゆる「ゾフィー体験」ばかりを根拠にこの作家を見るのは、なるほど短慮であろう。

このひ弱な少年は九歳のころ重い赤痢にかかり、何カ月も病床にあったが、快癒すると、身体的にも精神的にも長足の発達を見せた。これには、ちょうどこの時期に、のちにギーセン大学教授となるカント研究者のエアハルト・シュミットが家庭教師となったことも手伝っていよう。父親はふたたび長男に関心を寄せ、旅にともなうこともあった。この頃また、母親の病気の折りなど、かれはルックルムの伯父の家に預けられるが、この伯父は、ドイツ騎士修道会管区長をしており、その城には「騎士の間《ま》」もあって、少年の中世に対する想像力をあおったと思われる。

一七八四年、父親はザクセン選帝侯領の製塩所監督官の仕事につく。製塩所はザーレ川に沿ったアルテルン、ケーゼン、デュレンベルクの三カ所にあり、翌年、一家は同じくザーレ川にのぞむ小都ヴァイセンフェルスに移住する。ノヴァーリスことフリードリヒ・フォン・ハルデンベルクはこの町に生涯住み、学業や仕事や療養などのため、ここから出かけてはいつもここに戻った(壁に詩人の横顔のレリーフが付された建物と、胸像の載った墓碑はこの町に現存する)。人口三千八百にも満たないヴァイセンフェルスは、知的・精神的に成長していこうとする少年には、「野蛮なボイオチアの人びとのように、ミューズの神とその神殿から遠くはなれて暮らしている」ように感じら

ヴァイセンフェルスのハルデンベルク家旧居

れたが、父親が遺贈されていたシュレーベンの小城の図書室などを利用してペトラルカやアリオスト、タッソーを原文で読む一方、当時ようやく国民文学として自覚的に登場してきた〈ドイツ文学〉の数々を読んだ。抒情詩人クロプシュトック、バラードの名手ビュルガー、幅広い文学活動をしたヴィーラント、『賢人ナータン』などの戯曲で知られる啓蒙主義的作家レッシング、また、ゲーテの『若きヴェルテルの悩み』(一七七四年)やシラーの『群盗』(一七八一年)などなどを。それに刺激されたかのように、この頃から頻繁に詩を書くようになったほか、習作的に寓話や戯曲、小説などの執筆を試みたりしている。その数は遺されたものだけでも四百八十ほどにおよぶ。

一七九〇年の六月から十月まで、ハルデンベルクは、大学入学資格をとるために、生まれ故郷に近いアイスレーベンのギムナジウムへ通う。アイスレーベンは、あの宗教改革者にして聖書のドイツ語訳者、マルティン・ルターの誕生したところで、かれの通う学校もルター・ギムナジウムといった。しかし、ルターにはとりわけて関心を示すこともなく、当地のすぐれた教師ヤーニのもとで、クセノフォン、ピンダロス、ホメロスなどをギリシア語で読むほか、ラテン語のウェルギリウスやホラティウスの翻訳も試みている。

一七九〇年十月二十三日、イェーナ大学に入学する。専攻は法学であった。イェーナは当時、四千五百の人口しかない小さな街であったが、八百人の学生を擁する大学は、その当時、すぐれた教授陣と学生を集めて、ドイツのひとつの精神的中心地となろうとしていた。K・L・ラインホルトが新しい哲学であるカントを講じ、シラーが歴史学の講義をしていた。ハルデンベルクは少年時代の家庭教師シュミットを通じてラインホルトと親交を結んだが、とくにシラーには心酔し、『ドン・カルロス』などの戯曲や、「ギリシアの神々」などの詩を読みあさり、自分も詩人になりたい旨をほのめかす手紙を書いた。これに応えてシラーは、実務や冷静さが重要だと諭している。シラーが病に臥すと、かれはその憂慮を「ある若者の嘆き」と題して詩につづった——「パルカ、おお、運命の女神よ、……／われに与えよ、憂慮と悲惨と苦しみを／かわりに与えよ、かの精神に生命の力を。」この詩は、ヴィーラントの文学雑誌「新ドイツ・メルクーア」の四月号に掲載された。ハルデンベルクの初めて活字になった作品である。ハルデンベルクはイェーナに一年しか滞在しなかったが、ラインホルトの門をたたいたF・I・ニートハンマーとも知りあっている。ニートハンマーは、テュービンゲンの神学校で哲学を学び、学友のヘルダーリンやヘーゲル、シェリングらと親しくしており、「哲学雑誌」を刊行する人物である。

一七九一年十月二十四日、ハルデンベルクはライプツィヒ大学に移る。ライプツィヒは交易のさかんな商都で、文化の花も開き、小パリ、あるいはプライス河畔のアテネと呼ばれていた。ゲーテの『ファウスト』にも登場するアウエルバッハの酒場や、古い由緒を誇るカフェ・バウムなどがあるほか、出版業も盛んで、その書籍見本市は名高かった。

このライプツィヒ大学で、かれは同じ十九歳のフリードリヒ・シュレーゲルに出会う。たがいの才能と豊富な読書量を認めあったふたりの間にはすぐさま友情が芽生えた。シュレーゲルは兄のアウグスト・ヴィルヘルムにこんな手紙を書いている――「運命の女神がぼくの手になにを授けてくれたと思いますか、兄さん？　ありとあらゆる可能性を秘めたひとりの青年なんです……まだすごく若くって――ほっそりとかっこよい体つき、黒眼がちの上品な顔つき――でも、情熱的に美を語るときの表情は素晴らしいものです。ぼくらより三倍も多くのことを、三倍もの速さでしゃべるんだ

F・シュレーゲル

けれど、ひとの話を理解したり、感得したりするのはだれよりも早いんです。哲学を勉強しているから、すぐれた哲学的理論構成はお手のものだし。……ある晩かれは自分の考えをしゃべりました——この世界に邪悪は存在しない、すべてはふたたび黄金時代に近づいているって。ぼくはいまだかつてこんな青春の輝きを見たことがありません。この青年の名はフォン・ハルデンベルクといいます。」やがてこのふたりの交友から、いわゆるドイツ・ロマン主義が生まれ育っていくのである。

ライプツィヒを去ったハルデンベルクは、ヴィッテンベルク大学に移り、そこで法律の国家試験に一番の成績で合格する。いよいよ官吏としての実務につくため、一七九四年十月の末、テンシュテットに移り住み、十一月八日からその地の郡長A・C・ユストのもとでザクセン選帝侯国の行政官試補として仕事につく。ちなみにユストは、読書をよくする教養ある人物で、ノヴァーリスの最初の伝記作者となるのだが、その伝記のなかでかれは、自分のもとに見習いに来たはずのこの二十二歳の若者が、「長年役人をやっていると陥りがちな一面性やペダンティックな態度からわたしを解放してくれ、むしろ自分の師であった」と記している。

赴任直後の十一月十七日、ハルデンベルクは公務で出かけたグリューニンゲンのフォン・ロッケンティーン大尉の家で、再婚したフォン・キューン夫人の連れ子であるゾフィー・フォン・キューンと運命的な出会いをする。かれは二歳年下の弟エラスムスに宛てて「最初の十五分が決定的だった」と書いている。かれが十四歳だと思っていたこの少女は、一七八二年三月十七日生まれ、つまり、そのとき実際は十二歳と八カ月だった。翌年の三月、ゾフィーの十三歳の誕生日の二日前にふたりは非公式に婚約し、結婚式は彼女が十六歳になった二日後の一七九八年三月十九日に予定された。ハルデンベルクにとって、この許婚状態は意義深いものであった。かれはゾフィーに出会う三カ月前に、隣国の革命を意識しつつ、F・シュレーゲルにこうしたためている——「平等の時代が来るまでは超自然的な力が必要です。……それは許婚の日々で——まだ自由で、拘束されては

婚約指輪のゾフィーの横顔．裏面に「ゾフィアはわが守護霊たれ」の刻字

いないが、自由意思の選択によってすでに規定されている状態です。ぼくは初夜、結婚、子孫を待ち焦がれています。」以後のかれのテクストが示すように、いっさいを「限界づけ」から「限界超え」へという〈移行〉の状態において捉えることがノヴァーリスの思考の特性となるが、それこそが許婚状態というわけである。かれはまた、この子供のような少女に人類の理想の体現すら見ており、「始まり」と題された詩に「いつか人類は、今ゾフィーがそうであるようなものに/完全で——倫理的な優美に——なるだろう」と、シラーの美的概念を用いて記している。婚約指輪がいまに残っており、ゾフィーの横顔の彫られたその指輪の裏面には、「ゾフィアはわが守護霊たれ」と書かれている。一方、冷静な眼で子供の面と大人の女の面を持つこの少女を観察し、イギリスの作家サミュエル・リチャードソンの『クラリッサ・ハーロウ』(一七四七—四八年)の名を借りて、「クラリッセ」と題してスケッチ風に彼女のリアルな姿を書いてもいる——「煙草を吸う。むら気。ワインが好き。猫かぶりの才……」

その夏、新たな哲学的刺激を求めてかれはイェーナに出かけた。イェーナ大学では、ラインホルトの後任として新進気鋭の哲学者フィヒテが講壇に立っていたが、ノヴァーリスはその日、ニートハンマーのところで、フィヒテとヘルダーリンに会っている。『全知識学の基礎』(一七九四年)を発表し、いわゆる「自我の哲学」を展開しようとしているフィヒテにかれは強い関心を抱き、その秋から徹底的にフィヒテ哲学の検討にとりかかる。翌夏までつづいたこの批判的読解の作業は、膨大な量の研究ノートとして残されたが、これはハルデンベルク自身の本格的な「哲学する《フィロゾフィーレン》」の開始を刻印するものとなった。

一七九五年十二月三十日、ザクセン選帝侯国製塩所監督局の試補に任命されると、その直後、著名な化学者J・Ch・ヴィーグレープにより二週間の化学の集中講義を受けたのち、翌年二月、かれは正式に製塩所監督局試補となった。

自立した生活に向けて万事好調のように見えたが、一七九五年の十一月にゾフィーが肝臓に強い炎症を起こし、以後、何回かの手術がほどこされるも病状は好転せず、九七年三月十九日、ついにゾフィーは死去する。十五歳と二日だった。ハルデンベルクは「ゾフィーがいなければぼくは無だ」というほどにも深い喪失感を覚える。そのおよそひと月後には弟のエラスムスまで亡くしたかれは、悲痛の思いのうちに四月十八日から日記を書きはじめる。七月六日までの七十九日の間につづられたいわゆる「ゾフィー死後の日記」には、自死の決意を含む悲痛の思いが記され、五月十三日（ゾフィー死後五十六日目）には、のちに『夜の讃歌』に取り入れられることになるゾフィーの墓辺での幻視体験が書かれる。この幻視体験については、『夜の讃歌』の注と解説にゆずるが、この日記には、ゾフィーへの思いのかたわら、日々の日常的な出来事が平静さとともにつづられ、また、ゲーテの『ヴィルヘルム・マイスターの修業時代』（一七九五―九六年）やフィヒテ、シェリングのいくつもの論文、あるいはシュレーゲルのギリシア論などを熱心に読んでいることがうかがえる。かれはある書簡で「学問は（想い出や苦痛を麻痺させる）麻薬だ」と言っているが、いずれにせよ若い生命力は、やがてかれを「生」のほうに向かわせる。だがそれは、もはや「この世」の生ではなく、「まことの未来に、神と不死への信仰に」生きるべき生であり、また、哲学も、そうした「高次の観点から」研究していこうと決意している（ユスト宛書簡）。

日記の最後のほうに「キリストとゾフィー」と書き記して、ハルデンベルクは日記に終止符をうった。この一行からは、かれ独自の「仲保者」観念がこの時点ではっきり形をとったことが読み取れる。かれはその夏、イェーナのA・W・シュレーゲルと、その妻でロマン派の才女カロリーネを訪ねた。シェイクスピアや中世文学を翻訳するなど精力的に仕事をしているA・W・シュレーゲルの話にかれは真剣に耳を傾けたが、一方、初めてその眼でハルデンベルクを見たシュレーゲルは、親しくしていたゲーテに「鍛えられた精神と熱狂とが拮抗している大変興味深い人間」と報告している。

同じ頃、ハルデンベルクはフライベルク鉱山大学《ベルク・アカデミー》に学ぶ決意をかためている。鉱山技術や鉱物学のほかに、数学、化学、物理学など今日で言うところの自然科学を講じるこの世界初の工科大学に学ぼうとしたのは、職業上の必要からであると同時に、当時さまざまに論議されていた「自然」、あるいは「自然学」について、みずからも深く考究するためでもあった。その自然考究の哲学的基盤を改めて考えるために、入学直前にカントおよびオランダの哲学者ヘムステルホイス(一七二一―九〇)を集中的に読みなおし、またフライベルクへ向かう途上では、ライプツィヒでシェリングに会い、かれの出たばかりの『自然の哲学の理念』などについて語り合っている。

この鉱山大学は、鉱山に関する技術や知識だけでなく、すぐれた教授陣を擁して当時最先端の自然科学を講じていたが、なかでも、この大学を名実ともに高めた最大の功労者であり、岩石水成論・火成論論争でも知られる地質学・鉱物学のアブラハム・ゴットロープ・ヴェルナーに、ハルデンベルクは敬意と親愛の念を抱き、『サイスの弟子たち』の「師」や『青い花』第一部第五章の「ヴェルナーという名の老親方」にその面影を取り入れてい

A・G・ヴェルナー

る。また講義とは別に、シェリングやエッシェンマイヤーなどのほか、ティーデマンの哲学史やシュプレンゲルの医学史を読み、それを通してプロティノスやルネサンス期の自然神秘思想、パラケルスス、カバラや錬金術や数秘学などにも触れている。ここでの講義や読書で得た知見をもとに、個別の自然科学や自然哲学を独自の見方でとらえ返す膨大な「フライベルク自然科学研究」ノートが残されたほか、文学作品として、『サイスの弟子たち』が書かれていく。このフライベルク時代こそ、それまでのフィヒテ研究、ヘムステルホイス研究、そしてゾフィー体験を統合する「触媒」(ユエルリングス『ノヴァーリス』一九九八年)となり、ロマン主義者ノヴァーリスを生んだと言えよう。

ハルデンベルクは、フライベルクでもまた新たな知己を得ているが、とくに、以前ここの鉱山大学の数学と物理学の教授で、いまは鉱山長官であるフォン・シャルパンティエの一家とは急速に親しくなった。夫人の誕生日に招かれたかれは、「異境の者よ、おまえは疲れ、心も冷えている……だが、故郷の仲間がここにはいる」とうたう自作の詩を朗読している。

また同じ頃、ベルリンにいるF・シュレーゲルから「自分たちの雑誌」創刊への呼びかけを受ける。ハルデンベルクはこう返事をしたためている——「ぼくは長いこときみたちの雑誌を待ち焦がれていました。その雑誌とともに文学の新しいエポックが始まるでしょう。……ぼくが書くことができるものは、自分のなかでつづけられている自己対話の断片――皿錐《ゼンカー》――です。たくさんの事柄が三カ月このかたぼくの頭のなかをよぎっています。まず文学、それから政治論、それから大量の自然科学です。ぼくは文学に足がかりをつかんだ気がしています」(一七九七年十二月二十六日付)

翌一七九八年の二月末、ハルデンベルクは書きためた断章をまとめて「さまざまな覚書」と題した原稿をA・W・シュレーゲルへ送った。そして、公刊する際には「ノヴァーリス」という筆名にしてほしいと頼んだ。この筆名にこめた思いは、『花粉』の解説にゆずる。なお、ここでは、以下、ハルデンベルクをノヴァーリスと呼んでいく。

一七九八年四月、雑誌「アテネウム」の第一巻が発刊される。この「アテネウム断章」でF・シュレーゲルは自分たちの生きる時代について「フランス革命、フィヒテの知識学、ゲーテの『マイスター』、これが時代の最大の動向である」と述べているが、まさしくロマン主義成立の直接的背景を伝えるものとなった。フランス革命によって共同体社会の成員から市民的「個」となった人間が、認識を「私(Ich)＝自我」のもとへと回収しようとするところにフィヒテの「自我」の哲学が生まれ、この個となった人間が、新しい市民社会のなかで新たな生きかたを求めようとするところに『ヴィルヘルム・マイスターの修業時代』のような市民小説が登場する。革命は、政治・社会の場面のみならず、技術と経済の場面でも、また、自然科学の分野でも引き起こされ、かくて「革命」はまさにこの時代を表徴する言葉となり、さまざまな分野でこの言葉が使用された。F・シュレーゲルも「ぼくらが自らの力と自由をもって実行し、かつ広めるべきあの革命の精神」が、近代の「新しい神話」たるロマン主義文学に「示唆と確証を与える」と言っている(『文学についての会話』)。

一方、フランス革命とナポレオンの台頭がもたらした戦乱は、ヨーロッパの多くの人びとに平和を希求させ、ドイツでもカントの『永遠平和のために』など、知識人の少なからずが平和に関する論陣を張った。ノヴァーリスも、政治や国家について思索をこらし、詩的国家論とでも呼ぶべき『信仰と愛、または王と王妃』を「プロイセン王国年鑑」に掲載している。

一七九八年五月十一日のF・シュレーゲル宛の手紙に、「〔ぼくはある観念を見出したが、〕それは非常に大きな、非常に実りある観念で、フィヒテの体系に最高の強度の光線を投げかけるもの——実践的な観念の無限乗——です」と書いているが、ノヴァーリスはフィヒテの「知識学」を実践性・創造性を欠いたものとみなし、それを乗り越える「高次の知識学」として「ロゴロギー」と名付けた「来たるべき哲学」を構想している。そしてその延長線上で、「ポエジー（文学）」を創造的・実践的認識と捉えなおしていく。

このように意識されたポエジーを「超越論的ポエジー」と呼んだノヴァーリスは、その実践の方法を「ロマン化」と呼び、こう言っている——「世界はロマン化されねばならない。そうすれば根源的な意味をもう一度見出すことができよう。ロマン化するとは、質を累乗することにほかならない。そうすることによって、低い自己はより良い自己と同化される。」そして、質を累乗するとは、具体的には以下のようなことをとされる——「ありきたりのものに高い意味を、普通のものに神秘に満ちた外観を、既知のものには未知のものの尊厳を、有限のものには無限の仮象を与えること。逆に、高次のもの、未知のもの、神秘的なもの、無限のものをあつかう場合は、結合によって対数化する。するとそれは、なじみの表現を獲得する」（「断章と研究 一七九八年」［105］）。哲学の軌道上に、いわば転轍するようにして「創造的認識」としてのポエジーにいたったかれは、不可視のものを現実に呼び出せる「魔術」とアナロジカルに、それを「魔術的観念論」とも呼び、これによってカント、フィヒテを乗り越え、シェリングの欠陥を補えるとし、思索における表出の意義を強調していく。

製塩所のあるデュレンベルクの町

九八年上半期は非常に生産的な時期で、以上に挙げたもののほか、「対話」や「独白」の形の断章も書いている。アルテルン、ケーゼン、デュレンベルクの三カ所の製塩所を馬に乗ってまわりながらの勤勉な監督職務のかたわら、激しいばかりの研究・執筆のせいもあって、ノヴァーリスは体調をくずし、療養のため、七月の中旬、ボヘミアの温泉保養地テプリッツ（現チェコ領テプリーツェ）におもむく。その途中でかれはドレスデンに立ち寄り、ベルリンから来ていたF・シュレーゲル、イェーナからのA・W・シュレーゲル夫妻に会っている。このときF・シュレーゲルは友の変化に驚いて、ベルリン在住の神学者シュライアーマッハーにこう書き送っている――「かれは眼に見えて変わった。顔そのものも長くなったし、まるでコリントの花嫁のように、地上的なものの場所からまるで竜巻のように昇っていってしまったみたいです。まったく色もなくまっすぐ射るような見者の眼をしていました。かれは、化学的な方法で身体性に抗する薬を(エクスタシーによって)求めています。身体性を、精神的交わりという美しい神秘の中の瑕瑾とみなしているのです。」

読書も禁じられている療養所の閑暇のなかでノヴァーリスは、直接には書物や先哲によらない思索、つまり「日常生活の哲学」という着想を得、「睡眠」や「食」、「家具」、「衣装」などについて省察し、また、「キリスト教」や「女性」というテーマもとりあげて断章として記した。これらは、上梓を意識したまとまったもので「テプリッツ断章」と呼ばれている。

テプリッツには八月中旬まで滞在し、その帰途、ドレスデンにいたシュレーゲル兄弟の一族に合流し、「古代美術館」と「絵画館」を鑑賞し、ラファエロの「システィナのマドンナ」に強い印象を受けている。かれはこれを機に、「表出」や「表出手段」という観点から、ポエジーと絵画と音楽を比較・検討し、「絵画論」を書く予定も立てている。

「システィナのマドンナ」
（ラファエロ）

この頃かれの最大の関心事は、「一冊の書物」を書くことだった。自分という一個の人間が渉猟し、思考してきたいっさいの事柄——「哲学」、「自然」、「学問」、「芸術」、「自己」、「詩」、「愛」、「道徳」、さらには「病気」などなど——を総合的に省察するとき、その人間の生と、その人間が生きている時代とが、反省的＝批判的な光のもとに浮かび上がるとかれは考える。折りしも十八世紀半ば頃から、ディドロ、ダランベールの「百科全書」をはじめ、知と情報の集大成としてさまざまな百科全書・百科事典が刊行され、さらには、そう銘打った書物や講義が見られるようになった。かれは「自分の学問の歴史」を百科全書の形にしようと企て、この九月から、「一般草稿」と銘打って、万般にわたる省察を書きためていく。このいわば学際的な百科全書の企図は、巷間よく見られるような既存の知識をただ羅列するものではなく、「百科全書とはなにか」と自己言及的に省察しつつ、学問相互を有機的に関係づけようとするもので、いわば「ロマン主義的な百科全書」と呼ぶべきものである。この草稿は、翌一七九九年の春まで書きつづけられ、全部で千百五十一項目に及んだ。

この時期にはまた、スピノザやプロティノスを熱心に読んでいる。とくに後者については、「まるでぼくのために生まれてきた哲学者。……プロティノスのなかにはまだ使われないままの観念がいっぱいある――かれはおそらく、新たに知られる価値のあるひとりだろう」(F・シュレーゲル宛書簡、一七九八年十二月十日付)と興味を抱いている。とくに、「いわば」とか「喩えて言うなら」と、神秘的体験を「喩え」によって表現するプロティノスの方法を、ノヴァーリスは言語による実験とみなし、創造的認識のための必然的戦略として「仮定」、「実験」というコンセプトを得ていく。かれはある断章でこう述べている――「真の経験は、真の実験から生じる」(「一般草稿」[657])。あるいは、「人間は幻想家のようにけっして無限を求めてはならない――人間は決められた課題から決められた課題へといくべきである」(「断章と研究　一七九九／一八〇〇年」[254])。

ところで実生活のほうはというと、早世を予感しながらも「市民的生活」ということを意識しだしたノヴァーリスは、一七九八年のクリスマスに、フォン・シャルパンティ家の娘ユーリエ(一七七六―一八一一)と婚約する。かれは、自分がかつてないほど愛されていると感じる一方、父親の看病のあと、顔面疼痛で苦しむユーリエに同情し、自分の人生を彼女に捧げようと思ったのであった。

一七九九年二月二十七日、フライベルクのノヴァーリスのもとにF・シュレーゲルの初めての小説『ルツィンデ』が届く。F・シュレーゲルは、当時、ユダヤ系の啓蒙主義哲学者ヨーゼフ・メンデルスゾーンの娘で、銀行家の妻であったドロテーア(本名ブレンデル・ファイト)と恋愛中で、この本は、表層的にはその恋愛やさまざまな人間関係を赤裸々に描写した観があり、ベルリン読書界で物議をかもす。ノヴァーリスは、この作品は、日記体、告白録体、書簡体などさまざまな様式をアラベスク風にとりまぜ、機知やイロニーも欠けてはいず、シュレーゲル自身の言う「混沌の形式」としてのロマン主義的小説になっていると言えるが、「全体も細部も軽っぽく、単純な上に、官能の陶酔に惑溺している」ように見えた。かれはシュレーゲルの義姉カロリーネに「ぼくは醒めているのがうれしいし、ひそかに、いつも醒めていたいと願っている……そのかぎりで、ぼくらの初めての小説は天と地ほどもちがうものになるでしょう」と感想をしたためている。

一七九九年七月十七日、ノヴァーリスは、イェーナのシュレーゲル夫妻の家でルートヴィヒ・ティークと初めて会う。ティークは『ウィリアム・ラヴェル』や『フランツ・シュテルンバルトの彷徨』などですでに小説家として名をなしており、「長編小説を書くこと」を考え始めていたノヴァーリスにとって、是非会っておきたい人物だった。その際ティークはノヴァーリスに、十七世紀初頭の神秘主義者ヤーコプ・ベーメの著作を読むようにすすめている。一方ティークは、ノヴァーリスについてこう語っている――「かれの会話のなんといきいきしていることか。……かれが疲れたところなぞ一度も見たことがない。会話が夜更けまでおよぶようなことがあっても、かれはただふと会話を中断して寝にいくという調子。それなのにまだ、眠り込む前に読書をするというのだから。退屈というものをこの男は知らない――たとえ凡庸な頭の持ち主ばかりのうっとうしい集まりでも。かれは、どんなつまらぬことでも利用できるかもしれないと言って、未知の知識をもたらしてくれるだれかれを必ず見つけだす。あの友好的な態度、あの腹蔵のなさは、かれがみんなに愛される所以だろう。かれの社交術の巧みさは名人芸と言えるほどで、凡庸な頭の持ち主は、かれがいかに自分たちのことをお見通しかはけっしてわからないのである。」ちなみに、ハルデンベルク＝ノヴァーリスの率直な友好的態度や、人がかれに寄せる好意には、実に多くの証言がある。

その頃、シュライアーマッハーの『宗教講演』が出版され、ノヴァーリスも強い関心をもってこれを読んだが、まだ抽象的にすぎるとみなし、「自分の宗教論」として『キリスト教世界、またはヨーロッパ』を書きあげた。こうしてロマン主義者たちが活動の盛期を迎えた一七九九年十一月、イェーナのA・W・シュレーゲル夫妻の家にノヴァーリス、F・シュレーゲルとドロテーア、ティーク、そして、イェーナ大学に講義を持つシェリングらが集まった。いわゆる「ロマン主義者たちの集い」である。十一日から十四日までの四日間、フィヒテをめぐる無神論事件のことや(ノヴァーリスは、検閲の始まる時代風潮のなか、思考の自由を訴えるフィヒテの文書をよく読むようにと、理性ある者たちに呼びかけている)、かれらは宗教、自然論、哲学、文学について語り合い、ヴィルヘルムが自分で現代語に訳した中世叙事詩『トリスタン』を朗読し、ティークが民話に題材をとった自作の『ゲノフェーファ』を読んだ。また、この折り、ノヴァーリスはイェーナ在住の若き自然学者J・W・リッター(一七七六―一八一〇)を訪ねて、集いに呼んでいる。リッターは、「世界霊」という思弁的なものを、ガルヴァーニ理論(動物電気説)で跡付けようと実験している若き電気化学研究者であるが、ノヴァーリスもガリヴァーニ理論に強い関心を寄せており、これをアナロジカルに『青い花』のなかの「クリングゾールのメルヒェン」に応用している。

ノヴァーリスはこの集まりで、書いたばかりの詩「聖歌」や講演形式の論考『キリスト教世界、またはヨーロッパ』を朗読した。シェリングは、中世キリスト教を讃美するように聞こえるこれらの作品にあからさまな反感を示して、翌日、嘲笑的なパロディー詩「ハインツ・ヴィダーポルステンのエピキュリアン的信仰告白」を持って現れた。両作品を「アテネウム」誌に載せるかどうかが問題となり、たまたま近くのシラーの家に滞在していたゲーテに審判をあおぐという騒ぎとなった。結局、ふたつとも印刷されないことになったが、ノヴァーリスは、シェリングの詩が掲載されないと聞いて、「なぜなのか、無神論だとでも言うのか」と「アテネウム」編集者の態度を訝しんでいる。

ちょうどこの一七九九年十一月の九日――フランスの革命暦ではブリュメール十八日にあたる――ナポレオンが総裁政府を襲い、いずれヨーロッパの奥深くまで、なおも戦争によって覆い尽くされると予感された。ノヴァーリスはこうした時代を、戦争や、なりふりかまわぬ所有欲の道をつき進むものと見て、そうした成り行きとは別の方途をポエジーにおいて探ろうとしたのであった。時代・歴史が抑圧してきた声なき声、言語化されずに暗い底にたゆたっているもの――かれは、ポエジーとは、耳をそばだてるようにしてそれを聞き取り、言語に持ちきたすべきものと考え、いよいよ畢生の長編小説の執筆にとりかかる。

イェーナの集いから戻ったノヴァーリスは、仕事場のアルテルンの製塩所で早速、『ハインリヒ・フォン・オフターディンゲン(青い花)』の執筆を開始し、この年の十二月初旬には第一章が書きあげられた。同じころ製塩所監督局管理官に任命され、いくつもの職務上の報告書を書く一方、長詩『夜の讃歌』も書き下ろされる。この直後、ザクセン選帝侯領テューリンゲン郡の長官試補に応募するために、試験論文をはじめ無数の書類や手紙を書いた。かれは結婚生活に向けてキャリア・アップを求めていたのである。また同じ時期、鉱山資源の開発を強く求めていたザクセン国から地質調査を依頼されていた鉱山大学のヴェルナー教授は、ノヴァーリスに調査の参加を呼びかけた。六月一日から十六日までつづいたこの調査では、毎日、朝の四時に起き、峡谷を歩き、山の頂きに登り、夕方は収集物の整理と記録、地元の人たちとの情報の交換にあてられた。ヴェルナーはかつての教え子の疲れを見せない仕事ぶりと、飽くことのない探求心に、称賛の言葉を惜しまなかった。この仕事は、ドイツでも指折りの埋蔵量を誇るマンスフェルト褐炭鉱開発の準備作業となったものである。製塩のための燃料用木材の枯渇に対し、ノヴァーリスも石炭や太陽熱の利用を提案しているが、一方、経済的開発の美名の裏で、日々、劣悪な条件で重労働にあえぐ鉱夫たちの悲惨な状況を眼にしたノヴァーリスは、ヴェルナーに提出する膨大な報告書にこう書いている――「労働もまた極端に過酷で、かつ不潔で非健康的である。皮膚病と痛風は坑夫たちの間では非常に頻繁に見られる。」

この調査旅行は、病気が進行しつつあるノヴァーリスをひどく衰弱させたが、六月十八日、ヴァイセンフェルスに戻ったノヴァーリスは、時をおかずに『青い花』第二部にとりかかる。七月から九月にかけて、さまざまに構想のメモをとり、挿入する詩「アストラーリス」、「死者の歌」、「季節の結婚」を書きあげている。

七月の二十日から二十二日にかけて、ティークはヴァイセンフェルスにノヴァーリスを訪ねている。ティークの回想記によると、そのときノヴァーリスは、ユーリエとの結婚など「幸福のプラン」に夢中になっており、近々『青い花』が書きあがることや、新しい本の構想を語り、大変元気そうに見えたという。だが、病気は急速に悪化していき、ノヴァーリスもしきりと「病気」をテーマにものを考えるようになっていた。スコットランドの医師ジョン・ブラウンの『治療法のシステム』は一七九六年にドイツ語に翻訳されるや、医者はもちろん、医学や自然哲学に関心を持つ者をひきつけた。ブラウンの理論は、刺激と興奮のバランスが健康を左右し、したがって、この刺激を増減することが治療となるとするもので、そのために麻薬も大いに利用された。

ノヴァーリスも以前からこれを読み、学問や詩論の場面にアナロジカルに応用している。やがてこのブラウン理論を批判することになるが、自分の病気の治療の一環として麻薬を用いている。

『青い花』第二部は、恋人を亡くして巡礼となった主人公が、すっかり様変わりしてしまった世界を異境者としてさまようところから書きはじめられる。やがて、廃墟のなかに緑園を造って住んでいる隠者のところに導かれ、医師でもある隠者ジルヴェスターとの間でさまざまなテーマについて会話が交わされる。「でも、いつになったら恐怖や、苦痛や、貧困や、悪が、この宇宙万有に不要なものとなるのでしょうか」とハインリヒが問い、ジルヴェスターが「たったひとつの力——良心の力——があればいい」と応え、しばらく良心や道徳をめぐって会話がつづくが、ジルヴェスターが故郷シチリアを語ろうとするあたりで、突然物語は途切れる。病状が悪化し、どうにもペンが持てないような日もあったのである。しかし、その先に関する覚書は残されており、また、ポエジーについての断章や、日記はなお書きつづけられる。まもなくノヴァーリスは、主治医のいるマイセンに近く、ユーリエのいるフライベルクにもほど近いドレスデンへ移った。十一月二十八日、十三歳の弟ベルンハルトがザーレ川に身投げをしたとの知らせを受けて、ノヴァーリスは激しい喀血に見舞われた。病状は一挙に悪化し、ヴァイセンフェルスの両親が呼ばれた。そんななか、ザクセン選帝侯は、かねて申し出のあったテューリンゲン地区長官試補にノヴァーリスを任命した。

　年が明けて一八〇一年、まさに新しい世紀の幕開けである。だが希望に満ちた日付とは裏腹に、病状はさらに悪化し、一月末、病人はヴァイセンフェルスに戻った。家に戻った患者は、少しだけ症状が落ち着いたようであったが、回復の見込みが日毎に薄れていくように見えた。しかし、そんな状態のなかで、「また良くなったら、きみたちはまっさきに文学とはなにかということを、ぼくの口から聞くことになるだろう。ぼくの頭にはすてきな詩と歌がある」と言って、付き添っていた弟のカールを驚かせることもあった。三月二十日、ライプツィヒ大学時代からの親友フォン・カルロヴィッツが、その翌日には、F・シュレーゲルが到着した。三月二十五日の朝、カールにピアノを弾いてもらいながら眠りにおちたが、昼の十二時半、静かに、身じろぎひとつせずにノ

ノヴァーリスの墓碑
（ヴァイセンフェルス）

ヴァーリスは息をひきとった。傍らには、ともに「ロマン主義」を作り上げてきたF・シュレーゲルと、兄を崇拝している弟のカールがいた。

ノヴァーリスの死をもって、ドイツ初期ロマン派は解体する。ティークとF・シュレーゲルは協力してノヴァーリスの遺稿の整理と出版の仕事にあたり、一八〇二年に二巻本のノヴァーリス著作集が出版された。

## 二 『夜の讃歌』について

『夜の讃歌（*Hymnen an die Nacht*）』は、ドイツ・ロマン主義の最も有名で、最も重要な詩作品のひとつであるのは言うをまたない。だが一方、その表層的な字句によって、従来からこの作品は、一面的に「夜と死と病」への偏愛を示すものとみなされ、さらにそこから「ロマン主義」そのものをそのような常套句のもとに見る傾向ができあがってしまったのも、また事実である。しかし、この詩のファンタジーの豊かさと、こめられた思念の深さは、読み手を魅了してやまないし、逆にまた、いくつかの言説は難解なままであり、ドイツ文学のなかで最も複雑なテクストのひとつであるとされて、いまなおいくつもの解釈を呼んでいる。

『夜の讃歌』は詩作品である以上、読む際には韻律・律動や独特の言い回し・言語などに十分意を用いるべきだが、「複雑さ」を軽減する一助となるように、従来のさまざまな研究と解釈を踏まえつつ、意味内容を若干整理してみよう。

まず、成立事情について述べておこう。

『夜の讃歌』は、「新ドイツ・メルクーア」に掲載された詩「ある若者の嘆き」を別にすれば、ノヴァーリス自身によって完成され、生前に公刊された唯一の詩作品である。ノヴァーリスが「長詩」と呼ぶ(F・シュレーゲル宛書簡、一八〇〇年一月三十一日付)この作品は「アテネウム」誌第三巻第二冊(一八〇〇年)に掲載されたが、その成立事情は、弟のカールや友人たちの証言はあるものの、あまりはっきりしない。作品成立の最初のきっかけは、従来、いわゆる「ゾフィー死後の日記」の一七九七年五月十三日に記された墓辺の体験にあるとされてきた。これは、ほぼ字句どおりに『夜の讃歌』の第三歌に取り入れられているが、しかし、この墓辺の幻視体験と完成作品の間には、二年半以上の時間の隔たりがあり、この日記の記述が『夜の讃歌』の原点なのかどうかは、いまだに異論がある。韻文による最初の手稿は、一七九九年の晩秋あたりに手がけられ、一八〇〇年の二月の初旬頃に書き上げられたようである。手稿には多くの訂正が見られ、推敲の際に言葉をより律動化させ、内容をより明確にするほか、直接的な伝記的要素を抹消していることがわかっている(リッター『ノヴァーリスの「夜の讃歌」』一九七四年)。韻文形式のこの手稿にもとづく原稿は、「アテネウム」誌掲載の際に、いくつかの詩のほかは散文に変えられた。さらに題名も、二月二十三日付のティーク宛の書簡には、「讃歌という語は取り去ったほうがいいとフリードリヒ(・シュレーゲル)に言ってくれ」とあり、「夜に寄す(An die Nacht)」という題を考えていたようで、シュレーゲルもこれを了承していたようであるが、結局、「夜の讃歌」という表題で印刷された。本人の翻意か、この巻の「アテネウム」の編集を担当していたシュライアーマッハーの決定によるものかはわからない。ちなみに作者名も、先に「アテネウム」誌に掲載された『花粉』と同じくノヴァーリスにするかどうかについては、本人はなにも言及しておらず、シュライアーマッハーが「実権を発動して」(F・シュレーゲル宛書簡)、ノヴァーリスとしたようである。

以上のような事情から、この作品は、たんなる伝記的事実の詩的展開とみなすべきものではないのだが、しかし、愛する者の死の体験によってなおいっそう深く思索を凝らした「死と生の問題」を――かれの最も重要なテーマのひとつである「宗教」の問題とともに――軸にしていることはまちがいない。

次に、この長詩の意味内容を、若干整理してみよう。

第一歌は、第一節で「光の世紀」たる啓蒙主義の時代にふさわしく「光」が称揚される。だが次の節ではすぐに光から夜へと眼を転じて、「夜がわれらの内に開いた無限の眼」とうたわれる。夜が開く無限の眼とは、ノヴァーリスが「ヘムステルホイス研究」以来、問いつづけていた「不可視の世界の認識」という問題に隠喩で答えようとするものである。悟性的認識が昼＝光の認識だとすれば、それ以前の認識、もしくはそれを超えた認識を可能にするものとして「夜」が対置される。この原初的存在者は「世界の女王」と呼ばれ、それゆえに、現世で喪われた恋人を「夜の太陽」として与えてくれるというのである。

第二歌では、昼の営みが厭わしいものとされ、それに対して、時空を超えた夜の支配と、聖なる眠りが讃えられる。葡萄酒や阿片による陶酔にも感じられるその聖なる眠りは、この世にあっては無限の秘密を伝える使者となる。そして第一歌の「御母」と同じく、ここでも「あえかな乙女」と、無限の世界へのやさしい仲保者のイメージがそっとさしはさまれる。

第三歌では、日記に書かれた墓辺の体験が、「かつて」という言葉ではじまり、前二歌から一転して、過去形で書かれる。その墓辺の幻視体験をひとつのイニシエーションとして、第一歌で「夜の太陽」とされた恋人との合一がここに果たされ、「最初にして唯一の夢」たる新たな生、超越的な生への誕生がうたわれる。

第四歌では、まず、新たな領国たる夜を眺めやった者が、彼岸の領域で「眠れる愛しき者ら」と混じりあうとうたわれるが、次の節になるとまたしても反転して、光の世界がもう一度取り上げられ、昼の営みを捨てはしないと述べられる。だが、さらに反転して、「わたし」は彼岸へ、夜の世界、死の世界へと巡礼するとうたわれる。「わたしは昼を／信仰と勇気に満ちて生き／そして夜ごと／聖なる灼熱につつまれて死ぬ」という詩連には、許嫁ゾフィーの死後、自死の決意を超えて、ユーリエ・フォン・シャルパンティエとの二度目の婚約とともに、もう一度市民的な生活をなそうとしたノヴァーリスの伝記的な要素もほの見えるとする論者(コメレル、ユエルリングス)もいる。同時にこの第四歌には、超越的世界への道程を巡礼になぞらえて、「聖墳墓」、「巡礼」、「十字架」などのキリスト教を表徴する言葉が立ち混じってくる。

第五歌になると、歴史哲学的観点から、春のように生命が沸き立つ時代たるギリシア的な古代世界がうたわれる。しかし、その青春の楽しい宴の席に、突如として「ひとの心を恐怖で覆う」死が登場したと、ここでもまた場面は反転する。そして、人間は恐ろしい死を美しい言葉で装ってみたが、夜の謎は解けずに残ったとされる。こうして古い世界の神々は立ち去り、自然は、数字や尺度で縛められ、生気を失ったが、そのとき、この青春の時代に背を向けていた民（イスラエルの民を暗に指す）との間に、新たな生の始まりが萌したとうたわれる。ここからはキリストの誕生とその運命が語られるが、キリストが「あなたは死、そしてわれらを初めて健やかにしてくれる」とされるとき、恐ろしい相貌の死に変わって、いまや「死」が救いの表徴を帯びてくる。

さて、ここに登場するのが、「ヘラス」に生を享け、キリストの福音を歌うひとりの「歌びと」である。『夜の讃歌』の注(27)に記したように、この「歌びと」がなにを指すかについてはさまざまな説があるが、意味内容としては、この「歌びと＝詩人」は、「古典古代」と「キリスト教的なもの」、もしくは「ドイツ的なもの」とを融合する「新たな詩人」のイメージである。だが、次の詩連になると、キリストの死と復活、および仲保者としてのマリアが「愛」の表徴とともにうたわれ、「詩人」の詩業を支えるものこそ「愛」だとされる。そして、先にうたわれた「夜の太陽」、「新たな太陽」とは、このような愛としての「神の顔《かんばせ》」なのだと明言されて、この第五歌は閉じられる。

第六歌は、それまでの詩節と異なり、「死への憧れ」と表題が付され、さらに、第一詩連と最終詩連には、「大地の胎へ下ろう」、「甘《うま》し花嫁のもとに下ろう」という具合に、促しの言葉がおかれる。前節でうたわれてきた歴史哲学的テーマが、ここでまとめられ、強められる。新たな生への覚醒をもたらす「死」への憧れ、愛する者との合一への希求が、改めて強い促しとともに、せき上げるようにうたわれるのである。最終詩連の「甘し花嫁」、「恋人」は、注(34)と(35)に記したように、敬虔主義でキリストを表徴する言葉であるが、もちろん字義どおりの意味でもあり、伝記的にはゾフィーをも指す。「ゾフィー死後の日記」の最後のほうに(六月十六—二十九日)「キリストとゾフィー」と書かれているが、恋人とキリストのダブルイメージは、「愛し、愛される者」の表徴であり、これを仲保者として、「父の御膝」たる高次の故郷で、新たな生を開始することが可能になるというわけである。ここでとくに留意すべきは、「愛し、愛される者」が、「わたし」にとっての「ゾフィー」や「キリスト」というだけでなく、最後のふたつの詩連で「愛する者たち」、「われら」と、複数形で記されている点である。第一歌で「わたし」、「きみ」とされていた個人的なものが、いわば人間全体へと広げられたのである。

　最後に、『夜の讃歌』の主要なモティーフである「死」、「夜」、「眠り」について触れておこう。これらのモティーフには、古来いくつもの詩的イコノグラフィーがあるが、この詩への直接的関連が考えられるのは、まず、当時よく読まれたイギリスの詩人エドワード・ヤングの『夜想』(一七四二—四五年)である。ノヴァーリスはゾフィー死後三十六日目にドイツ語訳で改めてこれを読んでいる。夜と昼を対置させ、夜を優先させるという点では、両者にパラレルな関係が認められるが、内容的には、後期啓蒙主義期を反映した教訓的なヤングの詩作品と、いわば哲学的・瞑想的・神秘的なノヴァーリスのものとは、根本的に異なっている。さらなる影響が考えられるのがシェイクスピアの『ロミオとジュリエット』である。ノヴァーリスは、いわゆる墓辺の幻視体験のあった当日、墓地を訪れる直前にA・W・シュレーゲルのドイツ語訳でこれを読んでいる。あたかも自然力と呼応したようなシェイクスピアの文学の力は、実際その日、不意に吹き過ぎていった「神立《かんだち》」(雷)をともなう嵐とともに、かれの心情を煽り、墓辺の幻視体験のひとつのきっかけとなった。ちなみに、論者(ユエルリングスなど)によっては、この体験は、神秘的な傾向を持つ人間の特異な幻覚などではなく、周到な思索の上に用意されたものだとする。その日の日記の最後に「シェイクスピアは多くのことを考えさせてくれた」とも記されているように、「死を超えて愛する人と結ばれる」、「夜の太陽」といった『ロミオとジュリエット』のモティーフにも共感を覚え、思索の糧のひとつとしている。さらに言えば、ヘルダー(一七四四―一八〇三)の『比較神話』にも「神々と人間の母としてのヴェール被《かず》いた夜」のごとく、似たようなモティーフが認められる。

## 三　『サイスの弟子たち』について

『サイスの弟子たち（*Die Lehrlinge zu Saïs*）』は、初期詩群を除けば、ノヴァーリスが初めての〈文学作品〉として手掛けたものである。この小説についてのノヴァーリスの最初の言及は、「アテネウム」の創刊号のために断章集「さまざまな覚書」（「花粉」として掲載）の原稿を送る際に、編集者のA・W・シュレーゲルに宛てた手紙（一七九八年二月二十四日付）に記されたもので、「サイスの弟子〔ここでは単数形〕という表題の冒頭の部分を持っています——同じく断片ですが——ただ、すべては自然に関わるものです」とある。

この「自然に関わる」作品は、フライベルク鉱山大学での自然研究にもとづくものであるのは確かだが、他方、以前からの徹底した哲学研究において思索し、構築した自身の認識論の展開図と言えるものである。一七九四年にフィヒテの『全知識学の基礎』が世に問われると、学生や若い読者層は熱狂的にこれを迎え、ノヴァーリスも「自我」という概念を根底におくフィヒテ哲学に大いに関心を持った。ノヴァーリスは、九五年の秋から翌年の夏まで、「知識学」に関するフィヒテの論考を徹底的・批判的に検討し、膨大な「フィヒテ研究」ノートを残す。かれはフィヒテを高く評価しつつも、「フィヒテはあまりに恣意的にいっさいを自我に持ち込まなかったか？　どんな権限で？」（「フィヒテ研究」〔5〕）と、最初からこの「自我の哲学」に疑義を呈し、「自我は非我なしに存立しえない」として、両者の関係を問うなかで、認識における「表出」の意義を抉出し、哲学的認識は「創造的認識」に、すなわち「詩的認識」に移行して初めて真の認識にいたると考えるにおよんだ。

いわゆるゾフィー体験を経て、さらにも意識的に超越的な世界に信をおくようになったノヴァーリスは、そうした超感性的世界、高次の世界も、この「創造的認識」によって認識しうると考え、改めてカントが設定した感覚的認識の限界に異をとなえる。「カント研究」ノートには、「絶対的なもの（無制約なもの）の合理的な概念規定は、実践理性にのみ委ねられる」とする『純粋理性批判』のなかの文言を引いて、「われわれは、それを現実化する限りにおいてのみ、認識できる」と記し、同じくカントの『自然科学の形而上学的原理』についてのノートには、「感覚外の認識もなおあるのではないか」と記している。そのような感覚外の認識の根拠を求めて、かれは、フライベルク鉱山大学に入学する直前、「愛」と「詩」と「道徳」の力を説くオランダの哲学者ヘムステルホイスを丁寧に読みなおす。この哲学者は、ソクラテス、プラトンの哲学にのっとり、全宇宙の一元性を説き、この一元的存在者は、人間の悟性には到達できないが、人間のうちにまどろむ「道徳的器官」によって知ることができるとした。このまどろむ道徳器官を覚醒と伸張へと突き動かす根源的な力を、ヘムステルホイスは「愛」と呼び、かつ、このような高次の道徳的な認識器官にふさわしい唯一の表現手段こそ「詩(ポエジー)」だとする。『サイスの弟子たち』の注(67)にも記したが、ノヴァーリスが「ヘムステルホイス研究」に意味深く抜書きしている言葉のひとつに「詩の精神は、メムノンの巨像を鳴り響かせるあの曙光である」(『アレクシス、または黄金時代』)というのがあるが、エジプトのテーバイにあるメムノン像は朝日が射すと音を発するという話から、その朝日のごとく、硬く固定化したものさえ揺動させ、歌を発せさせる詩の力に、ノヴァーリスは改めて強いインパクトを与えられたのである。かれはある断章で端的に「詩作とは子を作ることである」(「断章と研究 一七九八年」[36])と言っているが、かれにとっての「詩」とは、言語による創造として現実的なものであり、また、未在のものを志向するという点で超越論的なものでもあり、さらには、より良きもの、より高いものを志向するという点では、真の意味で道徳的なものでもあった。こうしてかれは、創造的・詩的認識として、また、生きとし生けるものすべてへの倫理的要請として、文学作品という形の実践へ踏み出すのである。

ところで、このような詩的認識の対象が「自然」とされた背景には、当時、「自然」に対する関心が非常に高まっていたという事実がある。十八世紀末は、啓蒙主義や産業革命の流れのなかで、「自然」は資源として経済的利用の対象であり、また、草創期の自然科学の研究対象でもあり、さらには、ドイツ観念論が盛期を迎えるなかで、シェリングらの自然哲学の思考対象でもあった。ノヴァーリス自身がある対話形式の断章に記しているように、「自然」について語ることはまさに流行だったのである。

そうした時代風潮のなかでノヴァーリスは、ザクセン選帝侯国製塩所監督局長だった父親と同じ道に進むべく、その専門分野を学ぶために、一七九七年末、フライベルク鉱山大学に入学する。フライベルクは中世から銀の産出で有名な鉱山町で、『デ・レ・メタリカ』を著した万能の学者ゲオルク・アグリコラ（一四九四―一五五五）が活躍するなどの輝かしい歴史を持つが、ここに一七六五年、世界初の工科大学として鉱山大学が設立された。ノヴァーリスは、ここで、著名な地質学者A・G・ヴェルナーなどに親しく師事し、鉱物学や鉱山技術のほか、当時最先端の自然科学を学ぶ。すでに述べたように、かれはここでルネサンス期の自然神秘思想や、パラケルスス、カバラや錬金術や数秘学などにも触れている。そして在学中に、個別の自然科学や自然哲学に穿つような視線を注いで記した膨大な「フライベルク自然科学研究」ノートを残している。

　こうしてここで思考したことを〈小説〉として執筆していくのだが、やがてかれは、長編小説『ハインリヒ・フォン・オフターディンゲン（青い花）』の執筆に関心を移し、『サイスの弟子たち』は休筆される。一七九九年の六月にティークと知りあい、かれを通じて十七世紀の神秘主義者ヤーコプ・ベーメを識って、その著『詩人としての価値』に「内部から世界を生み出すところの、沸きあがり、衝き迫り、形成し、混ぜ合わせる力を持った力強い春——暗い欲動と不可思議な生命に満ちた真のカオス——真の、分裂していくミクロコスモス」を見たノヴァーリスは、『サイスの弟子たち』に関して、「次にはまったく違った仕方で登場させます。それは真に象徴的な小説、自然小説になるはずです」（ティーク宛書簡、一八〇〇年二月二十三日付）と言っている。だが、続編に関するメモは残されているものの、ノヴァーリスの病気の悪化と早世によって、この続行の意志は果たされずに終わった。

　さて、未完であり、かつ、作者が改作を考えていた作品が十分な読みと解釈の対象たりうるかという疑念を持つ向きもあろうが、つとにJ・シュトリーター（『サイスの弟子たちの構成』一九五五年）が論じているように、この小説は、明確に意図された構成で成り立っており、また、それなりの完結へ——ロマン主義的な開かれた完結へ——

導かれていると言えるのである。以下に若干の解説を試みたい。

まずは『サイスの弟子たち』という表題について述べておこう。ここで「弟子」と訳したLehrlingであるが、これは、元来は中世以来のドイツの職階制度のなかで、マイスター(親方)の資格を得るための最初の段階としての「徒弟」を指す。一方、当時多くの人に読まれ、とりわけ若いロマン派世代に大きな影響を与えたゲーテの『ヴィルヘルム・マイスターの修業時代』もノヴァーリスの念頭にあったであろう。かれはゾフィーの死のすぐあと、この小説を丁寧に読みなおしている。かれはゲーテを「詩の精神の地上における真の代理人」(『花粉』[106])と称賛しているが、その一方、『マイスター』の主人公を「現にある市民社会のなか」で成長を遂げていくものとみなし、『花粉』([4])で「修業時代は詩を志す若者のためにある」と述べ、新たな世界を創造する人、すなわち、かれの言う意味での「詩人」へと成っていくための内的修業をこれに対置するのである。この表題はまた、内的成長をとげるためのイシス礼拝をともなうフリーメーソンの入門儀礼をも想起させる。以上から、Lehrlingは「徒弟」、「修業者」、「入門者」などの訳語が可能であり、かつ、その全部を含意しているとも言えるが、この小説では「師」がかなり重要な役割を演じているので、「師」との関係から「弟子」と訳した。ちなみにノヴァーリスは、父親、伯父からはじまって、シラー、ヴェルナーなど、賢明で経験豊富な年長者を師《メントール》と仰ぐところがあって、かれらの理論にはときに冷静な批判を加えもするが、敬意をもって作品の登場人物に投影させている(『サイスの弟子たち』の「師」、『青い花』の「ヴェルナーという名の老親方」、「詩人クリングゾール」、「洞窟の隠者」、「廃墟にすむ医師」など)。

表題にあり、かつ作品全体の舞台となっているサイスは、エジプトのナイル河の河口デルタ地帯にある町の名で、そこには女神イシス(ヘロドトス『歴史』ではアテナで、エジプトの女神ネイトとされる。また、イシスはデメテルに同定される)を祀る神殿があったと言われる。プラトンの『ティマイオス』によれば、ギリシア七賢人のひとりソロンはこのサイスにおもむき、ここの神殿の神官から古代の秘密を聞かされたとあり、またプルタルコスは『モラリア』において、サイスにある女神像アテナ(プルタルコスはイシスをそう呼んでいる)に触れ、さらにその座像には「われはかつてありしもの、今あるもの、また向後あるならんもののすべてなり。わがまとう外衣の裾を、死すべき人間のただ一人も、翻せしことなし」と刻まれていると記している(『エジプト神イシスとオシリスの伝説について』柳沼重剛訳)。女神イシスについては、十八世紀にはさらに、モーツァルトの『魔笛』にもあるようなフリーメーソンの伝統や、薔薇十字団関係の文献のなかでも知られ、ノヴァーリスもこれらについては読んでいる。

このサイスという名は、小説全体の内容より早くノヴァーリスの脳裏に浮かんでいたようであるが、それは、直接的には、シラーの譚詩「サイスのヴェール被ける像」（雑誌「ホーレン」第九冊、一七九五年）に対し、その反論を書くという明確な意図によるものであろう。シラーは論文「モーゼの使命」（シラー編集の文芸誌「タリーア」の第十冊、一七九一年）や、上記の詩でこのテーマを取り上げているが、この詩においては、主人公の若者は禁忌を破ってヴェールをめくり上げ、命を落とす。シラーは、「罪によって真理に到達するものに災いあれ」と、懐疑的な調子を響かせるが、まさにこの結語に応えるようにしてノヴァーリスは、『サイスの弟子たち』の第一部「弟子」の最後で、「あのヴェールを掲げようと願わぬ者は、真のサイスの弟子ではない」とパセティックに反論する。以上、表題に見てとれるのは、文学史的に言えば、まさにゲーテとシラーのワイマール古典主義からのロマン主義の誕生の光景のひとつと言えよう。

次に、『サイスの弟子たち』の構成を見ていこう。

この小説には構成上三つの大きな特徴がある。第一の特徴は、ジャンルの混交である。自然認識をめぐるこの作品は、種々様々な自然観が述べられる点では断章集のようでもあり、また、独白、会話、小論文、メルヒェンなどの諸形式を含み、さらには散文のなかにも讃歌や抒情詩を思わせる詩的表現があり、あるいは詩作品のなかで詩を論じるという自己言及的なところもある。こうしたジャンルの混交と哲学的要素は、F・シュレーゲルが綱領化した「前進的総合文学」(「アテネウム断章」〔116〕)としての「ロマン主義文学」の特性である。そして付言すれば、「永遠にただ生成しつづけて、けっして完成することがない」ものと規定される「ロマン主義文学」の特性は、シュレーゲルが「すべての文学はロマン主義的である、あるいは、そうでなければならない」と、あたかも予言的に述べているように、十九世紀的リアリズム小説を飛び越えて、現代文学の特徴となるものと言えよう。

第二の特徴は、シュトリーターも指摘していたように、全体と各部分に仕掛けられたトリアーデ(三者一組)構造である。すなわち、第一章「弟子」は、㈠自然の解読可能性、㈡師、子供、不器用な弟子のありよう、㈢わたし(＝弟子)の考えという三つの要素から成り立っており、第二章「自然」では、㈠自然についての省察、㈡さまざまな自然観、㈢弟子の戸惑いとなる。そのあとにメルヒェンが挿入されるが、これも、㈠最初の楽園的状態、㈡分離と困難な道程、㈢ふたたびの統合となっている。メルヒェンのあとでも、㈠自然物同士の会話、㈡自然認識をめぐる旅人たちの諸見解、㈢結末の師の話というトリアーデ構造となる。

第三の特徴は、ポリフォニー的構造であり、受容美学的に言えば、「聞くドラマ」

の性格を持つ点である。第一章の「弟子」たる「わたし」は、内的独白はするものの、自分で発言することはなく、ひたすら他の弟子たちのさまざまな声を聞いているばかりである。あまつさえ、その交錯する声を聴いて戸惑いを覚えている。この小説の読者も、同じく受動的にさまざまな声を聞き、戸惑いを覚えさせられる。さらに、メルヒェンを語る元気のよい弟子の声、このメルヒェンを聞いて目覚めたかのように語りだす自然物の声、そして旅人たちのさまざまな声、最後にそれらをまとめて未来に向けようとする「師」の声と、いくつもの声が重ねられ、しかも「木霊が響くように」相互に反響しあっていく。読者は、戸惑いながらも、このポリフォニー効果によって、自然物にさえ潜んでいた「内的な力」が励起される。その内的な力の作用によって、みずからの省察へとうながされ、「メルヒェン」の結語にあるように、子や孫を生んでいく能動的な読者となる。読者は、「わたし＝弟子」と同じように、そして「師」もそう望んでいるように、「おのがじし自分の道を歩む」のである。

ノヴァーリスの好個の言葉に Nachdenken というのがある。通常、「熟慮」と訳されるが、ノヴァーリスはこれを nach-denken「後に - 考える」として、提出されたある考えを他の者が、もしくは他の観点から、さらに考えるという対話的要素を強調している。先にこの未完の小説にはそれなりの結論があると述べたが、それは、「師」

のまとめの話が示すように、作品の流れに一応の終着点が置かれるというだけでなく、いわば川が広い海へつながるように、その流れは読者の無限の内面へと注ぎ込まれ、新たな省察を促すという「開かれた結論」なのである。

さて、自然認識のありようを問うこの小説では、さまざまな自然観が、歴史的に、あるいはドイツ観念論の土壌で、あるいはロマン主義的詩学のなかで、いわば相乗作用を及ぼすように語られていくのだが、その根底に、ある伝統的なテーマが置かれていることに注目しなければならない。それは、冒頭に掲げられた「暗号文書としての自然の解読可能性」というテーマである。M・ベルゲングルエンは、「自然の書の解読可能性」というテーマは、この作品では「パラケルススの表徴論」と「十八世紀のヒエログリフ論議」と「一八〇〇年前後の有機体論争」の三つの思考モデルのもとに置かれているとし、それらが交互に浸透し、有機的に結びつけられるところにノヴァーリスの独自性があるとする(「表徴、ヒエログリフ、交互表象性――ノヴァーリスの『サイスの弟子たち』における書字(文書)の形而上学」二〇〇四年)。『サイスの弟子たち』では、いまだ「予感」のなかにしかないとされる解読の鍵は、すでに第一章で、「師」、「子供」、「不器用な弟子」の姿で予想せしめている。

「真のサンスクリット」、「尊いルーネ文字」、「最古の民の聖なる言葉」――これらが、かつてあった「自然と人間の融和」の存在を保証するものとして象徴的に掲げられている点に、いわばロマン主義的な言語論を見てとることができる。「聖なる言葉は、発すればさながら妙なる歌となり、その抗いがたい音色は、あらゆる自然物の内部に深く染み入って、それを解きほぐしたのです。その言葉による名のひとつひとつが、それぞれの自然物の魂を解き放つ合言葉のようでした」とされる聖なる言葉、いわゆるアダムの言葉は、現在では、詩人だけが発する可能性を持っているとノヴァーリスはみなす。この小説のなかで「美しい若者」に語らせているように、言語を媒介として自然と人間の融和状態をもたらすのは詩人なのだというわけである。ここで注意すべきは、ノヴァーリスのばあい、詩人とは特別な才能に恵まれた芸術家というのではなく、「すべての人が詩人に、創造者になりうる」とする点である。次作の長編小説『青い花』は、まさしく、中世詩人の名を借りたひとりの市民的個が、「詩人」へと成っていく道をたどる物語となるのだが、そのなかでも、詩人クリングゾールの口をして「詩は、なんら特別なことではないのだよ。それは人間精神に固有の行動様式なのだ」と語らせ、さらに、聖書の言葉「思いと努力 dichten und trachten」(「創世記」6・5、8・21)を用いて「人間はだれしも、いつだって dichten und trachten(詩作し、求め努める)のではないかね」と言わしめている。

さて、『サイスの弟子たち』の末尾で、「師」が自然の告知者たることの意義を伝えるが、その際、自然と直接わたりあう仕事を掲げているのは、「詩作」という営為の実践性を浮き彫りにするためと考えられる。この「師」の言葉でもって、この小説はとりあえず閉じられるのだが、「師」の言葉は、第一章で、「まことの語り手は永遠《とわ》の生命《いのち》に満ちています。そういう人の書いたものは……宇宙万有の交響曲から発せられるひとつの和音なんですからね」とあった。してみると、この小説は一種の円環構造になっていると言える。ただし、閉じられた円環というよりは、冒頭で言われる「師の言葉の神秘性」から、船員や農夫に範例をとった「地上的実践性」へと、いわば次元が変わった〈ずれ〉のある円環だと言える。かくて小説は無限の会話となってつづくのである。

最後に、いわゆる「ヒヤシンスと花薔薇のメルヒェン」について述べておこう。

メルヒェンの語り手は弟子たちのひとりだが、薔薇と昼顔を鬢に挿し、「詩神」としてのディオニュソスを彷彿とさせる。かれは思い煩う「わたし＝弟子」にむかって、「肝心なのは陽気な気分」、「愛や憧れ」だとして、「初めての接吻で新しい世界が開ける」と言ってから、メルヒェンを語りはじめる。この言葉は、哲学的思弁の否定ではなく、むしろ「来たるべき哲学」もしくは「ロマン主義的哲学」の提唱なのである。

ノヴァーリスはある断章(「断章と研究　一七九八年」〔74〕)で「初めての接吻は、哲学の原理であり、新しい世界の根源――絶対的起元の幕開け――無限に成長していく自己同盟の端緒――であると言える」と言っており、いわば「接吻」を、「接触」、「刺激」、「興奮」といった当時流行のガルヴァーニ理論やブラウンの刺激理論のタームに関連づけて、思考と心情を励起させ、新たなものを生む象徴としているのである。

グリム童話のようなお話になじんだ眼から見ると、ノヴァーリスのこの作品はメルヒェンと言えるのかと訝るひともあろうが、これは、現代作家までつづくいわゆる詩人・作家たちの手になる「創作メルヒェン(Kunstmärchen)」の最初期の作品のひとつであり、その意味でも注目に値するものである。十八世紀後半のドイツはいわゆる「メルヒェン・ブーム」を迎え、巷には翻訳、翻案ものを主とする娯楽的な民話集があふれたが、やがて、ゲーテが枠物語『ドイツ避難者の閑話』(一七九五―九六年)の最後に配した「メルヒェン」を嚆矢として、民話の改作ではなく、文学者がおのれの世界観を表現する創作メルヒェンが書かれていくようになった。とりわけティークやアイヒェンドルフ、ホフマンなど、ロマン派の多くの詩人・作家は「文学メルヒェン」の創作に大きな関心を寄せ、いくつものメルヒェンを書いている。かれらが、近代開始期の時代相を背景に、不安や不気味さを醸し出す謎めいた雰囲気の小品を書いて広く一般に人気を博したのに対し、ノヴァーリスはメルヒェンという〈文学形式〉にとりわけ関心を寄せ、その文学的意義を省察し、「メルヒェンは文学《ポエジー》の規範《カノン》である」(「一般草稿」[940])と言うほどにもこれに高い文学的地位を与えた。来たるべき高次の世界の構築へ向けて、不可視のもの、絶対的なものを表現するのが文学的想像力であるとすれば、メルヒェンこそ「想像力の戯れ」の最たるものと考えたからである。そうした観点からかれのメルヒェンはアレゴリカルなものとなる。ちなみに『青い花』でも三つのメルヒェンが挿入され、さらにはこの小説全体がメルヒェンに移行するよう構想されている。

『サイスの弟子たち』に挿入されたメルヒェンは、ノヴァーリスの創作メルヒェンの最初のもので、一七九八年の夏、療養先の温泉地テプリッツで草案が記されている。この草案では、「ひとりの幸運児」の恋人との再会で終わっているだけだが、本書では、「ヒヤシンス」と「花薔薇」と名前が与えられ、かつ、ふたりの再会ののち、「数えきれぬほどたくさんの子孫」に恵まれるという終わり方に変わっている。グリム童話のように再会と結婚で終わらないこの結末の解釈については、ノヴァーリスの対話的エセー(「対話」「その一」)にある「書物を書くこと」に関連して「子供は多いほうがいい」と言っているところが参考となるだろう。『花粉』の補遺[125]にも「真の読者は、拡大された作者でなければならない」とあるように、ノヴァーリスにとって読書とは、単に受動的なものではなく、作者の精神と読者の精神の〈結婚〉から新たに無数の作品が生み出されるべきものであって、「ヒヤシンスと花薔薇のメルヒェン」の結語は、その象徴的表現と見ることができるのである。

しかし、さらにノヴァーリスに特徴的なのは、旅をしてきた主人公が最後にイシスのヴェールを掲げると、それは故郷に置いてきた恋人だったというだけでなく、補遺ではそれが「奇跡の奇跡——自己自身」と書かれていることである。自然の女神(イシス)にして恋人であり、かつ自己自身であるものとはなにか？　悟性と感情、精神と自然、有限者と無限者、能動と受動、時間と永遠などなど、十八世紀末頃の観念世界では二元論的な捉え方が一般的であった。それは端的に男と女という対極性に収斂されもするが、このメルヒェンでも、主人公とその恋人という男と女の対極性は、また、ヒヤシンスと花薔薇という鉱物と植物の対極性に重ねられる。ヒヤシンスはインド(当時のヨーロッパで東方を指す)由来のジルコン系の淡い赤色の宝石で、十八、十九世紀のヨーロッパで流行したものである。ヒヤシンスと花薔薇の再会に象徴される対極的なものの融合は、「ロマン化」と呼ばれるかれ独自の文学的オペレーションである。だが、それだけではない。ヒヤシンスはまた、知られる通り、ギリシア神話でアポロンに愛された少年ヒュアキントスが、アポロンの投げた円盤に当たって斃れたあとに咲いた赤い花の名である。したがってこのメルヒェンの「ヒヤシンス」は、鉱物にして植物でもあり、さらにはこの宝石の淡紅色(rosarot 薔薇色)から、すでに薔薇が含まれているとみなす論者(ユエルリングス)もいる。また、さまざまな声から教えを受ける「弟子」のように、ヒヤシンスも、異郷からやってきた老人や森の老婆に教えを受ける受動的存在でもあるが、他方、「師のようにはならず」みずからの軌跡《フィグール》を描こうとする「わたし＝弟子」のように、究極の目標を求めて困難な旅をつづける能動的な存在でもある。時代の二元論を超えて、「融合体」としての自己を発見し、それを豊かに発展させていくことが、この小説全体の内的要請とも言えよう――ノヴァーリスはこの状態を、「自己同盟」と言うほか、「自己抱擁」(「断章と研究 一七九八年」[74])とも言っている。

この小説の補遺に、「人間は、自己自身と自然の福音とを告知する。人間は自然の救世主である」とある。この補遺にはさらに「サイスのイエス」とも記され、異教的なもの相互の融合が図られるが、ここには、自然の女神と救済者イエスを融合することによって、人間は自然の救済者になると同時に、人間自身もまた自然と融合することによって救済されるという究極の目的が端的に示されている。かれはもともと、

「活性化とは、わたし自身の譲渡であると同時に、他の実体を我がものとすること、もしくは自分のものに変成しなおすことである。このとき生じる新しい産物は……もとの二つの因子とは異なるものである」(「断章と研究　一七九八年」[118])と言って、思索の本来あるべき姿を提示しているのだが、それがここではモラーリッシュな様相をおびてくるのである。

活性化する思考、真理を求める思考は、こうして必然的に倫理的要請をともなうのだが、それはより文学的に深化されて『青い花』へとつづく。そこでは、宗教的対立の非が訴えられ、非道に泣く者を救うのが詩人の道だとされ(第一部第四章)、また、「自然は専有物になると毒物に変わる」として果てしない経済的欲望に警鐘が鳴らされる(第一部第五章)。「言語に絶する苦悩と苦痛に呻吟」する自然物(『サイスの弟子たち』)、「憧れの吐息」を送ってくる死者たち(『夜の讃歌』)――ノヴァーリスのテクストからは、自然物であれ、人間であれ、不当に抑圧されたものの声に耳を傾け、よりよき未来を創る人＝詩人へとみずからが成っていくことを促す声が通奏低音のように響いてくるのである。

## 四　『花粉』について

断章集『花粉（*Blüthenstaub*）』は、一七九八年四月、シュレーゲル兄弟によって創刊された初期ロマン派の雑誌「アテネウム」の第一巻第一冊に掲載された作品で、まさしくロマン主義の誕生を告げるひとつとなったものである。この断章集はノヴァーリス最初の公刊作品となる。そしてこのとき初めてフリードリヒ・フォン・ハルデンベルクは、「ノヴァーリス」という筆名を用いた。かれはそれを十二世紀に遡る自分の遠い祖先の名から取ったのだが、この古い貴族は自分の所領グローセンローデ（大開墾地の意）をラテン語読みしたマグナ・ノウァリスにちなんで、「デ・ノヴァリ」と称していたという。したがってノヴァーリスという名は「新しい土地の開墾者」という意味を持ち、ノヴァーリス自身、この名は「まったくそぐわないということはない」（A・W・シュレーゲル宛書簡、一七九八年二月二十四日付）と述べているように、この断章集の、ひいてはかれがその後もなそうとすることの理念を体現する名となっている。すなわち、「花粉」という表題や「……たっぷりと種を播かなければならない」という題詞、また「文学的種子」（〔114〕）といった断章中のいくつかの言葉が示しているように、かれのねらいは、大地を開墾するようにして断章という形の思考の種を播き、それが読み手のなかで生長し、さらに新たな種となるという具合に、無限の思考を促すことにあったからである。

ところで、ノヴァーリスがこのときシュレーゲルに送ったと思われる原稿は失われており、われわれに残されているのは、この「アテネウム」誌に掲載された『花粉』と、遺稿のなかにあった「さまざまな覚書」と題された断章群である。両者を比べてみると、『花粉』はF・シュレーゲルの編集の手が入り、かつシュレーゲル自身の断章も加えられているなど、かなりの改変が見られる。ただし、内容の文言が変えられるのではなく、入れ替えや、組合せ、削除がなされているのである。おそらくは、よりまとまった形にして読みやすくしようとしてのことだと思われるが、両方を読み比べていて違和感に近い感じを持つのは、ノヴァーリスが多用するダッシュや強調が『花粉』では全部削除されていることである。ダッシュは、ドイツ語では Gedankenstrich、文字どおり「思考のための線」であって、ノヴァーリスのばあい、このダッシュによって、さらなる思考、あるいは別な側面から見た思考が、まさに生い育つようにして記されるのである。また、ある種の単語の強調も、その単語の指示内容を通常の意味でなく、別の意味、もしくは意味の複数性において、あるいは語源に遡って取るべきだということを示すもので、これも、固定化された言葉を解きほぐし、新たな意味へと脱構築するというかれの思考の営為の特性を表わすものなのである。また、短い断章のあとに比較的長めの断章が配置されるのも、さらなる論証・展開のために意図された構成なのだが、一見アンバランスに見えるこの形式をF・シュレーゲルは理解しなかった。

シュレーゲルによるこの改変は、だが、たんに「読みやすさ」を顧慮してのことではなく、その背後には、シュレーゲルとノヴァーリスの断章観の相違がひそむと思われる。シュレーゲルは断章を「一個の小さな芸術作品のように、周囲の世界から完全に切り離され、ハリネズミのようにそれ自身のうちで完結していなければならない」(「アテネウム断章」[206])ものとし、ノヴァーリスのそれをも「アトム」と呼んでいるが、ハンザー版の注釈者H・J・バルメスによれば、これはノヴァーリスの断章観に対するシュレーゲルの理解不足を示す言葉だという。ノヴァーリスにとっての断章は、「わたしのなかで継続する自己対話の破片――皿錐《ゼンカー》」とされる。すでに「フィヒテ研究」([566])で「絶対的根拠に対する果てなき欲求があるにもかかわらず、相対的にしか満たされないがゆえに〔哲学的衝動は〕終わりがなく――それゆえに止むことがない」と述べているが、「断章」とは、かれにとって、止むことなく、また、止むべきものでもない思考の必然的な表出形式なのである。

さらにノヴァーリスに独特なのは、従来のアフォリズムと異なり、各断章を相互に有機的に関係づけようとする点である。『花粉』の元原稿に付された表題「さまざまな覚書(Vermischte Bemerkungen)」は、直訳すれば「混ぜ合わされた所見」であるが、これは、例えば薬剤やカクテルや音楽がミキシングされてひとつの調和的なものになるように、高次の統合を目指して個々の断章が意図的に混ぜ合わされて配置されていることを示す。以上のことから、F・シュレーゲルの手の加わった『花粉』とノヴァーリス自身の原稿「さまざまな覚書」のどちらか一方だけを訳出しなければならないとすれば、ノヴァーリスの意図と思考のありようをそのまま伝える「さまざまな覚書」のほうが好ましいとも思われる。だが一方、『花粉』には無視できない点がある。ひとつは、初期ロマン派に、とりわけノヴァーリスとF・シュレーゲルに特徴的な「共同哲学(Symphilosophieren)」という考えである。ノヴァーリスは、むしろシュレーゲル以上に、匿名で書くこと、共同で書くことを新しい思索と詩作のひとつの指標と考えていた。また、先に述べたように、この「花粉」という表題や「ノヴァーリス」という筆名には、「種播く人」(「マタイ」13・3—8、13・18—23)としてのノヴァーリスの姿が鮮明に映しだされていることや、この「アテネウム」版によってノヴァーリスという名が読書界に初めて知られるようになったという点も、無視してよいことではないだろう。というわけで、本書では「アテネウム」版のものを訳出し、挿入されたシュレーゲルの断章は、それとわかるように文字を小さくし、F・シュレーゲルの名を付しておいた。また、「さまざまな覚書」に書かれており、『花粉』に取り入れられなかった断章、もしくは断章の一部は、「補遺」の形で訳出した。

ところで、ロマン主義が誕生した十八世紀末は、「革命」という言葉に表徴されるごとく、政治・社会のみならず、あらゆる場面で、旧来のものが根底から覆るような変動をみた時代であった。このような変動期にあるいっさいのものが、ノヴァーリスの思索の対象となった。いや、かれはいっさいを変動もしくは移行の状況において思考しようと努めたと言うべきであろう。かれの哲学的思索方法は、既述したように、フィヒテ哲学の詳細な批判的検討によって形成された。批判校訂版全集の第二巻の二百頁におよぶ「フィヒテ研究」ノートでは、「自我とはなにか？」、「措定するとは？」、「反省とは？」、「哲学とは？」、「主観と客観との関係は？」、「神、自然、自我の関係は？」など、フィヒテ哲学のタームが徹底的に検証され、批判され、その上でノヴァーリス独自の観念が展開されている。

また、すでに述べたように、婚約者のゾフィーがわずか十五歳で他界すると、かれはこれを機縁として、さらにも超越的な眼差しを得ていった。そのような超越的観点から、かれは、カントとヘムステルホイスを読みなおしている。カントが、純粋理性による認識は可能な経験の限界内にとどまり、感性の限界を超えて広がることはないとし、神、自由、霊魂不滅などの絶対的なもの〔無制約なもの〕は実践理性の対象として定言的命法を実践する道徳的行為にあずけられるとしたのに対し、ノヴァーリスは、「感覚外の認識というものはあるのではないか」と問い、ヘムステルホイスの哲学にその可能性の根拠を見、さらに、シェリングの『哲学の原理としての自我、もしくは人間知における無制約なものについて』や、『自然哲学の理念』とも対峙しながら思索を重ねていく。

こうした「絶対的なものの認識」をめぐる問題意識が、『花粉』の冒頭の断章となる。「わたしたちはいたるところに絶対的なもの〔無制約なもの〕を探し求めるが、見出すのはいつも事物だけである」というこの断章からは、『花粉』というかれの思考の出発点で、早くも「絶対的なもの」の現実性と経験可能性は、虚空のなかなどではなく、事物のなかで検討されるべきものだと確信していることが読み取れる。かれ自身、絶対的なものの現実性を求めるための原理は、「日常生活のどんな些細なことのなかにも――つまり、あらゆることのなかに――見て取れる」(「フィヒテ研究」〔651〕)と、つとに明言している。つまり、絶対的なものの実現可能性は、現実の批判的観察のうちにあるという意識であり、その方法論は「わたしたちは対極的なものを——したがってまた、感覚と精神界とを——統合に持ちきたす関係を求めて、たえず省察しなければならない」(同)ということになる。

そしてその絶対的なものへの接近、あるいは高次の世界の実現可能性の根拠は、個人の心情においては、かつて確かに存在していた「幸福」の記憶であり、人類史的には、多くの伝説が伝える「楽園」、「黄金時代」の記憶である。「子供たちのいるところ、そこに黄金時代がある」(『花粉』[97])という端的な物言いは、その間の事情を示すものとなる。現に在るものに眼を凝らし、そこに欠如しているものを求め、かつ求めつづけなければならないという意識からくる「終わりなき省察」——断章とはその終わりなき省察のとりあえずの凝固点なのである。

このように、絶対的なものと事物を、超越的なものと経験的なものを、相互に結びつけつつ、時代の諸分野で大いに話題・論争となったテーマをひとつひとつ問いなおすというのが、ノヴァーリスの断章の特徴であるが、かれの断章集をさらに独自のものとするのは、先にも触れたように、個々の断章相互、さらには個と全体との有機的関係づけが明確に意図されている点である。かれは、当時、有機体論を展開していたシェリングの『イデーン』や『自然哲学の理念』などを読み、そこに自分独自の思想のひとつの保証を得ると同時に、さらに医学的、生理学的、物理学的、化学的研究を通して有機体論を深化していっている。この有機的関係への顧慮は、また、かれに特徴的なアナロギー的思考の根拠となり、「諸学の統合」、「諸学の詩化」といった観念を生み出す。とりわけ、その後取り組まれた百科全書的企図「一般草稿」では、Allgemeine Brouillon というその原題が「総合的掻き混ぜ」を含意するように、「文学的政治学」、「自然学的技術論」などという小見出しが付けられるなど、諸学の相互を有機的に関連づけることにより、専門化・細分化してゆく近代の知のたがを打破しようとするのである。

最後に、この断章が公にされたとき、ロマン派や若い読者の間でとりわけ論議の的となった「仲保者」概念について触れておこう。仲保者とは、キリスト教で、神と人間を仲介する存在者であるが、ノヴァーリスは「ゾフィー死後の日記」の最後のほうに「キリストとゾフィー」と書き込んでいる。この二者はノヴァーリスにとって、「絶対的なもの」と「わたし」とを仲介する最も重要な存在であり、ときにはそれが「マリア」とされることもあるが、実は、「どんな対象も……神殿となり、この神殿の霊〔精神〕こそが……一神論の仲保者なのである」と『花粉』〔74〕にもあるように、いっさいが、絶対的なものとわたしたちとを結ぶ仲保者になると考えられているのである。そうしてみると、こうした断章も、読者にとっては、現にある観念と未在の観念とを結ぶひとつの仲保者と言えるかもしれない。「わたしたちは、ひとつの使命《ミッション》をおびている。大地の陶冶をするべく召命されているのだ」(『花粉』〔32〕)——仲保者概念とともにこの使命感もまたノヴァーリスに特徴的なものであるが、読み手の内なる大地と、地球という外的大地を陶冶するという使命は、今なお、いや、今こそわたしたちに課せられているのではないか。

*

本書の翻訳の底本には以下のものを用いた。

Novalis : *Schriften.* Bd.1. Hrsg. von Paul Kluckhohn und Richard Samuel. Kohlhammer, Stuttgart. 1977

Novalis : *Schriften.* Bd.2. Hrsg. von Richard Samuel in Zusammenhang mit Hans-Joachim Mähl und Gerhard Schulz. Kohlhammer, Stuttgart. 1965

ほかに以下を参照した。

Novalis : *Werke, Tagebücher und Briefe Friedrich von Hardenbergs.* Bd.1. Hrsg. von Richard Samuel. Bd.2. Hrsg. von Hans-Joachim Mähl. Bd.3. Hrsg. von Hans Jürgen Balmes. Hanser, München, Wien. 1978

*Athenaeum. Eine Zeitschrift*. Hrsg. von August Wilhelm Schlegel und Friedrich Schlegel. Bd.1. Berlin. 1798. Bd.3. Berlin. 1800. Reprograph. Nachdr.—Wissenschaftliche Buchgesellschaft, Darmstadt. 1983

なお、『サイスの弟子たち』では、原文で長文の段落については若干の改行をおこなったことをお断わりしておく。また、『夜の讃歌』の段落については、Darmstadt版 *Athenaeum* に従った。

本書に収めた三つの作品は、以前、訳者が訳出・上梓した『ノヴァーリス作品集』(ちくま文庫、全三冊、二〇〇六―二〇〇七年)に収録されているものだが、このたび機会を得て改訳し、解説も新たにした。

最後に、本書の企画と翻訳にあたって、ご尽力とさまざまなご助言をいただいた岩波文庫編集部の市こうた氏に、心からの感謝を申し上げる。

二〇一五年六月

今泉文子

夜《よる》の讃歌《さんか》・サイスの弟子《でし》たち　他一篇
ノヴァーリス作

2015年7月16日　第1刷発行
2024年10月25日　第2刷発行

訳　者　今泉文子《いまいずみふみこ》

発行者　坂本政謙

発行所　株式会社　岩波書店
〒101-8002 東京都千代田区一ツ橋2-5-5
案内 03-5210-4000　営業部 03-5210-4111
文庫編集部 03-5210-4051
https://www.iwanami.co.jp/

印刷・理想社　カバー・精興社　製本・松岳社

ISBN 978-4-00-324123-3　Printed in Japan

# 読書子に寄す

――岩波文庫発刊に際して――

岩波茂雄

真理は万人によって求められることを自ら欲し、芸術は万人によって愛されることを自ら望む。かつては民を愚昧ならしめるために学芸が最も狭き堂宇に閉鎖されたことがあった。今や知識と美とを特権階級の独占より奪い返すことはつねに進取的なる民衆の切実なる要求である。岩波文庫はこの要求に応じそれに励まされて生まれた。それは生命ある不朽の書を少数者の書斎と研究室とより解放して街頭にくまなく立たしめ民衆に伍せしめるであろう。近時大量生産予約出版の流行を見る。その広告宣伝の狂態はしばらくおくも、後代にのこすと誇称する全集がその編集に万全の用意をなしたるか。千古の典籍の翻訳企図に敬虔の態度を欠かざりしか。さらに分売を許さず読者を繋縛して数十冊を強うるがごとき、はたしてその揚言する学芸解放のゆえんなりや。吾人は天下の名士の声に和してこれを推挙するに躊躇するものである。このときにあたって、岩波書店は自己の責務のいよいよ重大なるを思い、従来の方針の徹底を期するため、すでに十数年以前より志して来た計画を慎重審議この際断然実行することにした。吾人は範をかのレクラム文庫にとり、古今東西にわたって文芸・哲学・社会科学・自然科学等種類のいかんを問わず、いやしくも万人の必読すべき真に古典的価値ある書をきわめて簡易なる形式において逐次刊行し、あらゆる人間に須要なる生活向上の資料、生活批判の原理を提供せんと欲する。この文庫は予約出版の方法を排したるがゆえに、読者は自己の欲する時に自己の欲する書物を各個に自由に選択することができる。携帯に便にして価格の低きを最主とするがゆえに、外観を顧みざるも内容に至っては厳選最も力を尽くし、従来の岩波出版物の特色をますます発揮せしめようとする。この計画たるや世間の一時の投機的なるものと異なり、永遠の事業として吾人は微力を傾倒し、あらゆる犠牲を忍んで今後永久に継続発展せしめ、もって文庫の使命を遺憾なく果たさしめることを期する。芸術を愛し知識を求むる士の自ら進んでこの挙に参加し、希望と忠言とを寄せられることは吾人の熱望するところである。その性質上経済的には最も困難多きこの事業にあえて当たらんとする吾人の志を諒として、その達成のため世の読書子とのうるわしき共同を期待する。

昭和二年七月

## 《ドイツ文学》〔赤〕

ニーベルンゲンの歌 全二冊　相良守峯訳
若きウェルテルの悩み　ゲーテ　竹山道雄訳
ヴィルヘルム・マイスターの修業時代 全三冊　ゲーテ　山崎章甫訳
イタリア紀行 全三冊　ゲーテ　相良守峯訳
ファウスト 全二冊　ゲーテ　相良守峯訳
ゲーテとの対話 全三冊　エッカーマン　山下肇訳
スペインの太子 ドン・カルロス　シルレル　佐藤通次訳
ヒュペーリオン —希臘の世捨人　ヘルダーリン　渡辺格司訳
青い花　ノヴァーリス　青山隆夫訳
夜の讃歌・サイスの弟子たち 他一篇　ノヴァーリス　今泉文子訳
完訳 グリム童話集 全五冊　金田鬼一訳
黄金の壺　ホフマン　神品芳夫訳
ホフマン短篇集　池内紀編訳
影をなくした男　シャミッソー　池内紀訳
流刑の神々・精霊物語　ハイネ　小沢俊夫訳
ブリギッタ・森の泉 他一篇　シュティフター　宇多五郎・高安国世訳

みずうみ 他四篇　シュトルム　関泰祐訳
村のロメオとユリア　ケラー　草間平作訳
沈鐘　ハウプトマン　阿部六郎訳
地霊・パンドラの箱 ルル二部作　F・ヴェデキント　岩淵達治訳
春のめざめ　F・ヴェデキント　酒寄進一訳
花・死人に口なし 他七篇　シュニッツラー　番匠谷英一・山本有三訳
ゲオルゲ詩集　手塚富雄訳
リルケ詩集　高安国世訳
ドゥイノの悲歌　リルケ　手塚富雄訳
ブッデンブローク家の人びと 全三冊　トーマス・マン　望月市恵訳
トオマス・マン短篇集　実吉捷郎訳
魔の山 全二冊　トーマス・マン　関泰祐・望月市恵訳
トニオ・クレエゲル　トオマス・マン　実吉捷郎訳
ヴェニスに死す　トオマス・マン　実吉捷郎訳
講演集 ドイツとドイツ人 他五篇　トーマス・マン　青木順三訳
講演集 リヒァルト・ヴァーグナーの苦悩と偉大 他一篇　トーマス・マン　青木順三訳
車輪の下　ヘルマン・ヘッセ　実吉捷郎訳

デミアン　ヘルマン・ヘッセ　実吉捷郎訳
シッダルタ　ヘッセ　手塚富雄訳
ルーマニア日記　カロッサ　高橋健二訳
幼年時代　カロッサ　斎藤栄治訳
ジョゼフ・フーシェ —ある政治的人間の肖像　シュテファン・ツワイク　高橋禎二・秋山英夫訳
変身・断食芸人　カフカ　山下肇・山下萬里訳
審判　カフカ　辻瑆訳
カフカ短篇集　池内紀編訳
カフカ寓話集　池内紀編訳
ドイツ炉辺ばなし集 —カレンダーゲシヒテン　ヘーベル　木下康光編訳
ウィーン世紀末文学選　池内紀編訳
チャンドス卿の手紙 他十篇　ホフマンスタール　檜山哲彦訳
ホフマンスタール詩集　川村二郎訳
ドイツ名詩選　生野幸吉・檜山哲彦編
聖なる酔っぱらいの伝説 他四篇　ヨーゼフ・ロート　池内紀訳
暴力批判論 他十篇 —ベンヤミンの仕事1　ベンヤミン　野村修編訳
ボードレール 他五篇 —ベンヤミンの仕事2　ベンヤミン　野村修編訳

パサージュ論 全五冊　ヴァルター・ベンヤミン　今村仁司・三島憲一　大貫敦子・高橋順一　塚原史・細見和之　村岡晋一・山本尤　横張誠・與謝野文子　吉村和明 訳

ジャクリーヌと日本人　ヤーコプ　相良守峯訳

ヴォイツェク ダントンの死 レンツ　ビューヒナー　岩淵達治訳

人生処方詩集　エーリヒ・ケストナー　小松太郎訳

終戦日記一九四五　エーリヒ・ケストナー　酒寄進一訳

第七の十字架 全二冊　アンナ・ゼーガース　山下肇　新村浩訳

## 《フランス文学》〔赤〕

ラブレー第一之書 ガルガンチュワ物語　渡辺一夫訳

ラブレー第二之書 パンタグリュエル物語　渡辺一夫訳

ラブレー第三之書 パンタグリュエル物語　渡辺一夫訳

ラブレー第四之書 パンタグリュエル物語　渡辺一夫訳

ラブレー第五之書 パンタグリュエル物語　渡辺一夫訳

ピエール・パトラン先生　渡辺一夫訳

エセー 全六冊　モンテーニュ　原二郎訳

ラ・ロシュフコー箴言集　二宮フサ訳

ブリタニキュス ベレニス　ラシーヌ　渡辺守章訳

ドン・ジュアン ―石像の宴　モリエール　鈴木力衛訳

いやいやながら医者にされ　モリエール　鈴木力衛訳

守銭奴　モリエール　鈴木力衛訳

完訳 ペロー童話集　新倉朗子訳

ラ・フォンテーヌ 寓話 全二冊　ラ・フォンテーヌ　今野一雄訳

カンディード 他五篇　ヴォルテール　植田祐次訳

ルイ十四世の世紀 全四冊　ヴォルテール　丸山熊雄訳

美味礼讃 全二冊　ブリア＝サヴァラン　関根秀雄　戸部松実訳

近代人の自由と古代人の自由・征服の精神と簒奪 他一篇　コンスタン　堤林剣　堤林恵訳

恋愛論 全二冊　スタンダール　杉本圭子訳

赤と黒 全二冊　スタンダール　桑原武夫　生島遼一訳

ゴプセック・毬打つ猫の店　バルザック　芳川泰久訳

艶笑滑稽譚 全三冊　バルザック　石井晴一訳

レ・ミゼラブル 全四冊　ユーゴー　豊島与志雄訳

ライン河幻想紀行　ユーゴー　榊原晃三編訳

ノートル＝ダム・ド・パリ 全二冊　ユーゴー　辻昶　松下和則訳

モンテ・クリスト伯 全七冊　アレクサンドル・デュマ　山内義雄訳

三銃士 全二冊　デュマ　生島遼一訳

カルメン　メリメ　杉捷夫訳

愛の妖精 (プチット・ファデット)　ジョルジュ・サンド　宮崎嶺雄訳

ボオドレール 悪の華　鈴木信太郎訳

感情教育 全二冊　フローベール　生島遼一訳

紋切型辞典　フローベール　小倉孝誠訳

サラムボー 全二冊　フローベール　中條屋進訳

## 岩波文庫の最新刊

大江満雄編
**詩集 いのちの芽**

全国のハンセン病療養所の入所者七三名の詩二二七篇からなる合同詩集。生命の肯定、差別への抗議をうたった、戦後詩の記念碑。(解説＝大江満雄・木村哲也)
〔緑二三五-一〕 定価一三六四円

デリダ著／守中高明訳
**他者の単一言語使用**
―あるいは起源の補綴《プロテーゼ》―

ヨーロッパ近代の原理である植民地主義。その暴力の核心にある言語の政治、母語の特権性の幻想と自己同一性の神話を瓦解させる脱構築の力。
〔青N六〇五-一〕 定価一〇〇一円

ゲルツェン著／金子幸彦・長縄光男訳
**過去と思索** (三)

言論統制の最も厳しいニコライ一世治下のロシアで、西欧主義とスラヴ主義の論争が繰り広げられた。ゲルツェンは中心人物の一人であった。(全七冊)
〔青N六一〇-四〕 定価一五〇七円

ガリレオ・ガリレイ著／田中一郎訳
**新科学論議** (下)

物理の基本法則を実証的に記述した、近代物理学の幕開けを告げる著作。ガリレオ以前に誰も知りえなかった真理が初めて記される。(全二冊)
〔青九〇六-四〕 定価一〇〇一円

今月の重版再開

上村勝彦訳
**カウティリヤ 実利論** (上)
―古代インドの帝王学―
〔青二六三-一〕 定価一五〇七円

上村勝彦訳
**カウティリヤ 実利論** (下)
―古代インドの帝王学―
〔青二六三-二〕 定価一五〇七円